MW00803482

Desde la
CRUZ

Pablo A. Lam González

Derechos de autor © 2020 Pablo A. Lam González
Todos los derechos reservados
Primera Edición

PAGE PUBLISHING, INC.
Conneaut Lake, PA

Primera publicación original de Page Publishing 2020

ISBN 978-1-64334-386-0 (Versión Impresa)
ISBN 978-1-64334-389-1 (Versión electrónica)

Libro impreso en Los Estados Unidos de América

"Tu hazaña, tu verdadera hazaña, la que hará valer tu vida, no será acaso la que vayas tú a buscar, sino la que venga a buscarte".

Unamuno.

A los médicos que sufren hoy en la isla, a los que sufren fuera, a los que aún añoran el cambio, a los que ya las esperanzas han perdido.

Fragmento

FRENTE A MÍ, AL EXTREMO opuesto del recinto, un sudafricano afrodescendiente joven, semivestido, se hurgaba en los testículos con la diestra mientras con la contraria se rascaba la cabeza rapada. Cruzamos nuestras miradas, con total indiferencia el uno con respecto al otro. Lo habían traído después que a mí, en medio de una enorme gritería que llegara abajo desde que se acercaran al pasillo. Desconocía el motivo, como también el de los otros cautivos allí. En realidad, podía decirse que desconocía hasta aquel por el que debía estarlo yo. Y cualquiera que fuese, consideraba que tal condición no merecía. Apenas si se me habían permitido pasar por el apartamento a recoger lo mínimo indispensable: un cepillo de dientes y pasta dental, un jabón... cambiarme de calzoncillo y tomar otro de repuesto. Lavarme la cara, dar un beso a mi mujer, mentirle en cuanto a que no era nada importante y preocuparse no debía, sobre todo para no transmitírselo al niño... ¡Dios! No cabía en mi cabeza que estuviera donde estaba.

12 de enero del 2000, miércoles

DESPERTÉ LENTAMENTE. LOS PÁRPADOS ME pesaban, como la cabeza me pesaba. Me dolió el cuello, reacio a extenderse, lo forcé a hacerlo, no tenía claro el momento cuando me habría dormido, ni siquiera el que me hubiese, en efecto, dormido, por más que los ojos estuviese entonces abriendo, por más que no fuese capaz de recordar cosa alguna que hubiese o me hubiese sucedido en los últimos... no sé, quizás tres o cuatro horas.

Claro, solo tenía el lugar donde me encontraba. No había, no podía haber cambiado, así hubiese soñado —soñado... diablos, sí que había dormido entonces—, que caminaba por las calles de una gran ciudad, amplia, soleada. Una ciudad verde y calurosa, lejana... muy lejana. Caminaba... me costaba trabajo recordar... caminaba y alguien me acompañaba. Alguien... mi hijo, sí, Alfred me acompañaba. Tiraba de mi brazo, quería correr, correr, cruzar la avenida, sin mirar atrás, sin importarle el tráfico, sin importarle nada... solo aquello que meramente importa a esa bella edad, quería llegar a lo que lo maravillaba desde que arribó a ese gran país y porque no, a mí también, el inmenso *Game* (cadena de tiendas–almacenes, donde puedes adquirir lo más mínimo) y mi pequeño lo sabía, sabía lo que deseaba: juguetes y más juguetes, bellas criaturas inanimadas, todas juntas se agrupaban en combinaciones fabulosas de colores y tamaños y ese era el lugar preferido de ambos y me parecía mentira que disfrutáramos de aquella maravilla prohibida a los niños en la isla, en la oscura y aislada isla y escuchar su dulce e inocente vocecita: "¡Paa, *Game*, corre, vamos!".

Me llenaba de alegría y eran sus primeras palabras en inglés, cuánta gracia, cuando le preguntabas la cantidad de gasolina que necesitábamos para el carro y decía: "*full tank*", (tanque lleno) y era increíble el modo en que aprendía en aquel lugar tan lejano y yo estaba alegre, alegre de brindarle una libertad que desconocería como yo si crecía allá donde había nacido, pero nada importa a su edad. En fin, soñaba, porque en realidad seguía estando allí, bien distante de todo aquello, metido en un agujero de tres por cuatro metros, tapiado de rejas, y hacinado con una decena de individuos de toda raza y color, que no me inspiraban la menor confianza.

Tras haber vencido la reticencia de los músculos del cuello, lo intenté con los dorsos lumbares, tan contraídos como los primeros, pero confiado más en estos, entrenado los había siempre con esmero y no habrían de abandonarme cuando los estaba necesitando. Estiré luego las rodillas y a punto estuve de caer del estrecho quicio de mampostería en que me había acurrucado por escapar del frío suelo, no tan frío como degradante con aquel desagradable olor perdurable de los desechos líquidos del organismo y aquellas manchas deslustradas en el abandonado suelo, víctima en aquel escalofriante lugar del desinterés y la falta de higiene y más aún, por el tipo de inquilinos que allí se encontraban, era degradante saber que yo era también uno de ellos.

Paseé la vista en derredor. No conté más compañeros que los que hubiera al cerrar los ojos, aunque lo parecía de lo desperdigados que andaban tirados contra cada una de las cuatro paredes, cual si contra estas mismas fusilados hubiesen sido. Frente a mí, al extremo opuesto del recinto, un sudafricano afrodescendiente joven semivestido, se hurgaba en los testículos con la diestra mientras con la contraria se rascaba la cabeza rapada. Cruzamos nuestras miradas, con total indiferencia el uno con respecto al otro. Lo habían traído después que a mí, en medio de una enorme gritería que llegara abajo desde que se acercaran al pasillo. Desconocía el motivo, como también el de los otros cautivos allí. En realidad, podía decirse que desconocía hasta aquel por el que debía estarlo yo. Y cualquiera que fuese, consideraba que tal condición no merecía.

Apenas si se me habían permitido pasar por el apartamento a recoger lo mínimo indispensable: un cepillo de dientes y pasta dental, un jabón... cambiarme de calzoncillo y tomar otro de repuesto. Lavarme la cara... dar un beso a mi mujer, mentirle en cuanto a que no era nada importante y preocuparse no debía, sobre todo para no transmitírselo al niño... ¡Dios! No cabía en mi cabeza que estuviera donde estaba. Yo, que jamás había traspasado el umbral de una estación de policía en mis treinta años de existencia. No, no podía caber en mi cabeza, menos aún que viniese a ser en un país extraño.

Sin embargo, allí estaba. Era un hecho. Un triste e inolvidable hecho. Un hecho que, lejos de quitarme el sueño, me aterraba. Siendo sincero conmigo mismo —¿Ante quién más?—, ¡ciertamente me aterraba!

No sabía la hora, pero supuse que eran alrededor de las nueve de la mañana, cuando advertí que se acercaba uno de los gendarmes con una tina metálica. En algo que remedaba ser inglés por lo que dijo, lo entendí de uno de los más veteranos, era la hora de costumbre en que el desayuno traían. Nos fueron pasando, de a uno, nuestras respectivas raciones en vasos de papel desechables. Pedazos de pan se vanagloriaban de acompañarlos. El vaso me llevé sin demora a los labios, procurando una tregua a mi acidez. Sabía mal aquella leche, si era de veras leche y no un raro cereal, en realidad no se sabía que cosa era, pero estaba caliente y así creo que todo pasa. El pan ni lo toqué, hubiese acabado por la úlcera reventarme, lo dejé sobre el quicio, un tanto alejado, invitando a quien quisiera tomarlo. No quedaría para las hormigas.

En el mismo sitio, con las rodillas recogidas sobre el abdomen, las manos cruzadas por delante de las rodillas, me mantuve por espacio de la siguiente... media hora, quizás. Hasta que se apareció otro gendarme y leyó varios nombres en voz alta, siempre a través de las rejas. Tranquilo, aguardé a escuchar el mío, nunca tan orgulloso de llamarme Alfonso como cuando por fin fui nombrado. Nos mandó a incorporarnos, dar cuatro pasos retirándonos de las rejas y colocar las manos a la espalda. Abrió con toda calma y nos indicó salir. Era yo el tercero en la fila india camino de las escaleras a la primera planta.

Arriba nos separaron, cada cual a cumplir con los propios trámites. El sargento detective Phomo me estaba requiriendo. No necesité sentarme en su oficina, desde la misma puerta me dijo que comprendía mi posición, pero que debía yo también comprenderlos, que debía ofrecerles algo a cambio de la libertad que podía promover para mí.

—Hombre, qué más voy a ofrecerle sino la verdad, y esta ya la he repetido ni sé cuántas veces.

—Me temo que no será suficiente, doctor. Me permito sugerirle que se verá muy bien que usted acceda a colaborar con nosotros —hizo una pausa durante la cual se encendió un cigarro. No tuvo la gentileza de ofrecerme uno—. ¿Me sigue? Bien, te propongo un trato —aguardó a que yo sopesara sus palabras. Viéndome arquear la ceja derecha, supuse que le motivó a seguir—. Usted se compromete, en acta, a colaborar... ya la tengo elaborada —un pliego de papel a máquina me mostró desde lejos, pliego con respetable cantidad de renglones para lo que me consideraba en condiciones de aportar a aquella investigación—. Bien. Mantendrá el contacto con ese Phillip, por la vía que sea. Le pedirá nuevos discos, cuántos desee. Y nos dará el lugar y la hora donde se realizará la entrega. No le estoy pidiendo mucho.

No me quedaba claro mi papel o, más que este, mi estatus legal. Hice preguntas al respecto.

—Le llevaremos en calidad de testigo de la Fiscalía, doctor Arranz. Si cumple con lo acordado, no le implicaremos más allá en este asunto. Dígame, ¿qué opina?

Accedí. Era lo mejor a que podría aspirar en ese momento. Firmé de pie, apoyando sobre el borde de su escritorio, en lo que me explicaba los muchos deberes y escasos derechos de mi virtual libertad condicional. Me presentaría allí mismo a la mañana siguiente para acudir a la Corte Municipal, en Mmabatho, para preparar el juicio. Aun así, se me retenía el pasaporte. Asentí una y otra vez, deseando terminar cuanto antes con todo aquello.

Carla me esperaba en la antesala. Se puso de pie apenas me vio, los ojos aguados, los labios temblorosos, como en cada ocasión que algo nos iba mal, que no nos salían las cosas como ambos hubiésemos procurado. No me abrazó, tal vez penosa entre tanta gente. La abracé yo, le di un beso. Apreté su cabeza contra mi hombro, le acaricié detrás del cuello y las orejas, me sentí de nuevo persona, pues era un calor conocido y esperanzador en aquella tormentosa situación; con voz temblorosa, pero segura no dejó de entrever su presentimiento, no se desesperó, solo entonces preguntó:

—¿Cómo estás?

Mi silencio fue suficiente para que entendiera todo cuanto sentía, estaba deshecho en mi interior y ahora me preocupaba mi pequeña familia.

—¿Y Alfred?

Y su dulce voz más entrecortada aún, respondió sin vacilación:

—¡Está bien, esperando por ti!

Conduje despacio. Sin prisa anduve la decena y media de metros que del aparcamiento separaban la entrada a los bloques de *flats*, (apartamentos de dos pisos), los pies rozando casi los adoquines del sendero. Fui directamente a la puerta y abrí cuando Carla iba hacia el de nuestros vecinos más próximos por Alfred. Entré a casa y me recliné en uno de los sofás para esperar a mi pequeño que tanto extrañaba, al sentirlos abrí la puerta y sin mediar palabras me saltó encima cual si faltase en casa por años. Acto seguido me atacó a preguntas, atropellándolas sin remedio. Contesté las que pude, las que creí comprensibles para sus apenas cuatro años cumplidos. Busqué ayuda con Carla, quien, como siempre, encontró en qué entretenerlo y desviar su atención, pero aun así, sus bellos ojos claros delataban su infantil e inocente curiosidad, su castaño cabello caía sobre su blanca humedecida frente y sus remolinitos se mostraban tal si hubiesen crecido todo un mes, justo lo que aquel infierno me había parecido, no se detuvo y de mi mano se apretaba como quien siente temor a algo sin saber a qué, finalmente se separó un instante junto a Carla.

—¿Qué te han dicho? —me preguntó de regreso.

En ese momento, un sin número de cosas me vinieron a la mente. Pensamientos buenos y malos se me agolparon en pugna por espacio para expresarse. Me sentía mal, en verdad mal, y no por la mala noche o el pésimo desayuno. Me sentía... ¿traicionado? Me sentía mal conmigo mismo en primer lugar pues mi falta de intuición y mi sana intención ahora se convertían en la causa de mi desgarradora sensación interior; mi temor perduraría en el tiempo.

—Se trata de esos discos, de los que se llevaron. Me acusan de que me dedico a piratearlos, a copiarlos ilegalmente para venderlos.

—¿Los *compacts*? Pero esos te los...

—Me los regaló Phillip —musité—. Precisamente. Parece que es conocido por dedicarse a eso. Vamos, no me abras los ojos. Para adivino Dios.

—Al... —su voz se rasgó.

—Ya, pero sucede que soy inocente, ¿eh? No le he ni siquiera prestado uno de esos discos a nadie, ni he pensado en venderlos... o producirlos, no sé cómo hacerlo.

Se me acercó, dejando su asiento para apretarse en el mío. Me tomó una mano entre las suyas. Me miró con ojos lastimeros, que no pestañearon ni aun con el estruendo de varios calderos caídos en la cocina. "¡Alfred!", gritó sin levantar demasiado la voz. Y permaneció fijamente mirándome sin poder ocultar las lágrimas que rodaron segundos después; no vacilaron en desprenderse de sus cansados, pero aún bellos ojos pardos para caer y ser absorbidas rápidamente en el espesor de la gris alfombra.

—¡Todo lo resolveremos, ya lo verás!

Sin embargo, podía descubrir en ella aquel temor que una vez sufrió, meses antes de nacer el pequeño Alfred, cuando una posible desgarradora ruptura ensombreció nuestra fructífera consolidación como pareja, desde luego, ahora por causas diferentes la estabilidad lograda podía estar amenazada; sus manos se llevó a los ojos esta vez empañados por sucesivas lágrimas; le acerqué un pañuelo para secarlas y nuevamente su dulce y entre cortada voz hizo eco en el pequeño espacio que conformábamos.

—¿Qué vamos a hacer, Al?

Suspiré profundo. Le hice una mueca tratando de hacerla sonreír y contesté:

—Por lo pronto, buscar un abogado ¿No crees?

Esa noche, cuando estaba ya por acostarme, sonaron varios toques a mi puerta, tres, toques conocidos. "Román", me dije, de seguro se ha enterado del "chisme" al verme quizás entrar o salir con extraños y ser conducido luego en un automóvil con todas las características de ser un vehículo policial aunque no tuviese placas distintivas. Junto a Rolando, un cirujano ginecobstetra de alrededor de cuarenta años —representante partidista para el área—, hombre parco de palabras y casi de gestos, muy serio profesionalmente, quien, a pesar de su "cargo" evitaba lo más posible inmiscuirse en asuntos privados de sus colegas vecinos, y Gregorio, cirujano general, igualmente persona de bien, con los que sin embargo, poca había sido nuestra relación, pues toda la atención en esos primeros tiempos la acapararía precisamente él, también cirujano general, constituían el trío de nuestros más inmediatos vecinos junto al profe, quien se encontraba de vacaciones en la isla. Cerca los sesenta años o tal vez algunos más, veterano de misiones en otros sitios —Sri Lanka a veces mencionaba, resultaba una enciclopedia ambulante. Aun cuando se notaba cansado, hacía de la nostalgia un camino olvidado.

Fue de los primeros en brindarnos al Profe y a mí sus experiencias en cuanto a cómo desenvolvernos en un medio tan diferente al acostumbrado. En su "distinguido" Sedan Nissan Fairland de los primeros setenta, cada fin de semana nos arrastró al *steer* de la ciudad, lugar siempre visitado por su acogedor ambiente parecidos a los famosos KFC norteamericanos (pollos Kentucky), los Mcdonal's y todas esas cadenas desconocidas para el cubano sin libertad; y allí también podías consumir el famoso pollo *steer* con sus propios condimentos y las papitas de todas las medidas.

Ahora comprendía a mi bella mamá cuando, después de viajar a EUA, le sugería a papa hacerlas menos finas pues este se esmeraba con tal perfeccion en la cocina que mi buena Hermana y mi brillante y querido sobrino Ever se desvivian por saborearlas. Me resultaba asombroso que en todo aquel país estos pequeños restaurantes se parecieran tanto unos con los otros, no solo arquitectónicamente, sino en el sabor del delicioso pollo que nos hacía repetir las rutinarias visitas de fin de semana; cada vez pedía para todos el plato con la famosa ensalada Roquefort que le hacía engordar sin remedio, como si tal cosa le importase; cada vez, bien tarde nos llevó de vuelta al enclaustramiento. Buen sujeto, realmente bueno el Román. Muy pronto se desarrolló entre los tres una amistad verdadera. Y mucho agradecí que en casa entonces no dejase de personarse. Sabiamente, se había cuidado mucho para que no pudiesen advertir los otros, lo que quizás agradecí mucho más.

Los vecinos, en su mayoría parecían no enterados, lo que era entendible, pues nos hospedábamos en dos bloques de apartamentos construidos recientemente hacia la derecha de la zona de desarrollo del hospital, bien cerca del departamento de emergencias, en donde éramos médicos y a la hora "de los hechos" teníamos que estar trabajando.

Dispuestos en dos plantas de moderna arquitectura, se diferenciaban aquellos solamente por el número de habitaciones. En el más exterior, estaban los cinco primeros bloques. Comenzando por la izquierda, el número uno era ocupado por la doctora Elena, aún no había regresado de sus vacaciones al momento de nuestro arribo. Nosotros estábamos en los dos bloques siguientes.

Conoceríamos, al paso de los días, que se trataba de la propietaria de uno de los fatídicos nombres leídos de una lista negra, justo antes de la última reunión en el Ministerio de Salud en La Habana, nombres cuyas salidas quedaban diferidas por problemas desconocidos para los nuevos y que nadie de los anteriores grupos en aquella cita, se atrevió a cuestionar.

Los comentarios brotarían después, a mitad de los pasillos, como suele suceder. Esta doctora Elena, y otros dos médicos, de nombres Luis y Pedro, todos del primer grupo, habrían violado la sacrosanta obligatoriedad que regía el contrato con el estado cubano: "Ser embajadores de una ideología, la nuestra, en aquel lejano país, por tanto, nuestra misión no podía ser económica, sino política, solidaria y humana. Ayudaríamos a la gente necesitada, por encima de cualesquiera otras consideraciones". Y no era que esto último no hubiesen hecho, pues los tres disfrutaban de muy buena reputación entre las autoridades médicas del país. El meollo del asunto parecía vincularse con la anterior línea de aquel breve, pero contundente discurso de despedida.

Se mencionaba repetidamente, entre los colaboradores, que la "deuda externa, impagable" era la causa de su retención, término que para mí quedaba entonces oscuro, pero me hacía recordar los años ochenta, mediados y finales de aquella década cuando el *dictador Castro* cargado de odio y envidia hacia USA y su pueblo, mencionaba en cada discurso dichos términos, y desde luego, la permanente censura de los medios de difusión masiva no le permitía al pueblo conocer la realidad del saqueado país durante cuarenta años de tiranía, más cuando el campo socialista se preparaba para abrir las puertas a la democracia; Castro temió perder el poder y las riquezas robadas durante tantos años, peligraba su futuro. Haciendo de la frase un eslogan intentaba crear un bloque de países endeudados para enfrentar al FMI (Fondo Monetario Internacional) y al Banco Mundial. La Cuba aislada de entonces, y la de ahora, seguía endeudada como hacía cuarenta años, y peor aún, sin cimiento económico, a la deriva y sin futuro, pero, ¿acaso se referían a esto? ¡Claro que no!, solo que el eslogan perduraba diez años después de aquellos empobrecidos, rutinarios y ofensivos discursos del dictador, para referirse a algo que todavía yo desconocía.

Del otro bloque, ya ocupado por colegas de grupos previos, nos separaba una plaza de adoquines que penetraban a modo de parqueos hasta los apartamentos, justo frente a mí residía por entonces el único no cubano, un médico general nativo, persona trabajadora y de magnífico nivel, con quien pronto establecimos una relación tan cordial quizás, como con el resto de los compatriotas.

Con Román estuve conversando muchas cosas hasta bien tarde, sentados en la pequeña terraza, por el fondo, de lo que me estaba sucediendo, de lo que estaría por suceder, de lo que podría a esto seguir, de por qué estábamos allí. "Porque no tenemos vida allá, ni como médicos, ni como personas trabajadoras, no se nos paga un salario equivalente al costo de la vida". (El salario de un médico cubano es equivalente a veinte cinco dólares americanos mensuales).

En Cuba solo tenemos derecho a existir, ni siquiera a pensar diferente, no se nos pagan las guardias, no se nos permite ejercer por cuenta propia en el país ni viajar al exterior, mucho menos a renunciar o tener otra profesión. ¿Qué nos va quedando? ¿Acaso la resignacion de ser alquilados por el gobierno por una considerable suma del ambicionado dólar norteamericano? Venimos al África, a donde no vienen otros... por una calderilla para llevárnosla, allá para adquirir cuanto hemos tenido que relegar por años, para aspirar a ciertas comodidades vedadas en la isla o conseguir un hogar, y estamos aquí, a un costo demasiado alto de nuestras vidas, y qué decir de los menos afortunados en medio de la selva en cualquier latitud, sin derecho de compartir tales sacrificios con esposas e hijos, o de los afortunados como nosotros que pudimos pagar para traerlos y entendía que, por primera vez en la historia del país, Castro se arriesgaba, pero aun así no dejaba de percibir su ambicionada cuota a repartir entre sus fieles seguidores, pues en otros países solo daba unos cien dólares americanos mensuales al médico cooperante y a veces mucho menos.

En resumen, que nos tomamos casi por completo una botella de un malo *whiskey* del país y ni idea de cuántos Cigarellos —marca de cigarrillos vendidos en Sudáfrica, los más próximos al sabor del cigarro fuerte cubano que había podido hallar—, nos habremos fumado, yo que ni siquiera bebía o fumaba, ahora lo hacía; tomaba la diluida bebida con cubitos de hielo para aligerar ese sabor para mí desagradable servido por Carla quien no dejaba de reflejar su preocupación, por su parte Alfred se entretenía con sus juegos de video y con frecuencia se acercaba para mostrarme que alguna etapa había logrado dominar en su preferido Mario.

Luego de un tiempo, Román se marchó dándome un par de palmadas en un hombro. Volví atrás y me dejé caer en la silla de cordones de nailon, me acomodé lo mejor que pude y me terminé la botella, mientras el niño finalizaba su juego, lo tomé entre los brazos y nos retiramos a la habitación, esa noche no pasé por alto mis siete cuentos para Alfred y la acostumbrada peleíta que tanto le gustaba y que siempre ganaba.

Una vez dormido el niño y con Carla siempre a mi lado, conversamos hasta altas horas de la madrugada y me comentaba que había comenzado a preguntarse si acaso no era exagerado el sacrificio que a su edad el doctor Román afrontaba, el estar lejos de la familia y del terruño, el ver como su capacidad profesional fisiológicamente declinaba; ¿no sería ya tiempo para retornar? La vida nos respondería llegado su momento.

Sudáfrica para mí —como creo que para la mayoría del grupo—, siempre había sido una lejana mención, un país sin rostro y sin alma más allá del que mostraban los noticiarios, cruzado por las terribles arrugas dejadas al paso de vehículos de combate que irrumpían violentamente en los Bantustanes (representaba el 7 por ciento de la tierra sudafricana en el inmenso país en el que se concentraba el 75 por ciento de la población afrodescendiente; Boputhaswana era uno de los territorios convertidos en Bantustan durante el Apartheid; en total llegaron a ser nueve), rodeados de alambradas y, en blindada avalancha, barrían con todo y las masas de sudafricanos de tez bien oscura impelidos a correr, despavoridos, cuando lanzar piedras les resultaba insuficiente para detenerlos; más allá de la que en silencio y resignación sufría con cada golpe de bastón, con cada proyectil de plomo —los de goma se hacían demasiado caros pasa malgastados de tan fútil modo—, que sus carnes hería, con cada hijo enviado al patíbulo después de un sumario juicio, o la mayoría de las veces, prescindiendo de este.

Un país de increíbles contrastes cuando, al propio tiempo, otros bien blancos se divertían en un oasis fabuloso en medio de montañas alejadas e inhóspitas. Una tierra ofendida al comenzar a viajar a África, donde cientos de miles de hombres y mujeres, ataviados de verde olivo e imbuidos en el fervor internacionalista de los setenta, estaban decididos a avanzar hasta lo más profundo del sur del continente, al costo que fuere menester, con tal de terminar con aquel estado de cosas y de ser posible imponer una nueva forma de explotación, de esclavitud.

Sin embargo, Sudáfrica no era solo aquello, ni mucho menos, aun cuando aquello no había dejado de ser del todo pues siglos de dominio blanco, de lucha racial, de segregación, no podían terminar sin una secuela en aquella generación y los que esta vez al lado de su máximo líder Nelson Mandela, se aprestaban a cambiar la historia de un país, resultado de siglos de dominio blanco. Luego de aterrizar en una terminal aérea digna del primer mundo y tras salir a las calles de su principal ciudad, fue poco a poco mostrándoseme un país enormemente complejo.

En el camino a Pretoria, por rápidas y modernas vías de comunicación que en dos parecían partir inmensas planicies, bien coloridas todavía para el inminente otoño, magníficamente señalizadas y saturadas de autos modernos, y de gente vestida, quizás no mejor, pero tampoco peor de lo que cabría esperarse, que contrastaba con los verdes y florecidos campos de girasol y maíz, donde la vista se perdía en el color esperanzador de la vida. Eso era precisamente lo que el país representaba para todos nosotros, la esperanza de sobrevivir a un sistema, a una ideología que socava los cimientos de la familia, que nos divide y esclaviza la capacidad intelectual con un fin meramente económico y político al precio que fuese, donde el hombre es la mercancía rentada, utilizada para fines mezquinos.

Finalmente se mostró el matiz de la libertad desconocida hasta entonces, en amplio mosaico de culturas y tradiciones, lo cual habría con el tiempo de apreciarlo, cual norma, casi en todas, los *townships* y las *villages* (lugares a varios kilómetros de las ciudades de población blanca caracterizados por su insalubridad, pequeñas casas de cartón y zinc donde viven los sudafricanos afrodescendientes hacinados en muy malas condiciones de vida, donde la población es inmensa y los índices de violencia de todo tipo son extremadamente altos, lugares a donde son enviados los colaboradores cubanos a riesgo de la vida), golpean de repente la vista, mientras la mirada dormita en el horizonte matizado por las recias construcciones de las clases media y alta, pasando por todo un espectro de colores y formas arquitectónicas, en donde se alojan los representantes de diferentes grupos raciales.

Tras un sol naranja, cabizbajo, al amparo de grises nubes bajas, nos adentramos en la urbe. La primera escala la hicimos en el "Hotel 224", lugar de obligada mención para los cubanos, ubicado céntricamente en la ciudad, casi en la esquina de *Schoeman Avenue y Leyds*. Desde el momento en que comenzaron los contratos, era el sitio de alojamiento provisional de los colaboradores que llegaban o los que se disponían a partir de regreso a Cuba, ya fuera por vacaciones u otros motivos. De categoría cuatro estrellas, sus condiciones podrían sorprender a no pocos, sobre todo si se tenía en cuenta que en los últimos tiempos, hospedarse en cualquier centro de recreo en la isla resultaba un lujo vedado a la gran mayoría. Al parecer, la representación cubana en Sudáfrica había establecido este inusitado acuerdo merced a que los anfitriones corrían con los gastos, no solo de transportación, sino también de hospedaje.

Esa misma tarde, del 16 de abril de 1998, a tres días del segundo aniversario de mi pequeño Alfred decidieron las ubicaciones para las diferentes provincias, en "democrática" reunión en que solo se nos citó por el nombre ligado al respectivo destino. Conformes unos, lo contrario otros, pero resignados al fin y al cabo ante la fría sentencia en letras de imprenta, los colegas decidieron, en dualidad y tríos de afinidad, el recinto a compartir.

No me sería tarea fácil, a pesar de conocer a algunos colaboradores provenientes de mi ciudad natal, en la especialidad de traumatología, incómoda más bien, por haberme estado desempeñando en otra bien distinta a aquella durante los precedentes años; sin embargo, una de las últimas oportunidades se me daría en la inesperada posibilidad de poder compartir habitación con el profesor Jordán, un cincuentón de caminar despacio y hablar pausado, seguro, de esas personas que pueden ser como un padre y que por su sinceridad y nivel profesional se convertiría en el Profe para nosotros.

Acercó este su equipaje y se ofreció campechano, a compartir conmigo la habitación 421. Por pura coincidencia, ambos habíamos sido destinados a la misma provincia y hospital.

Compartiríamos también una, dos, quizás tres cervezas. Cien o doscientos rands (moneda sudafricana), brindados por una mano amiga podían bastar para satisfacer la perentoria necesidad de telefonear a los queridos seres dejados a miles de millas de distancia, y para nada más. Todo aquello se nos hacía una mezcla de nostálgica alegría, incertidumbre, de temor ante un país y una sociedad en realidad desconocida; se comentaba de la alta violencia, de los robos a mano armada, las drogas, las redadas policiales contra pandillas de diferente origen y creencias y cualesquiera otras espeluznantes formas de delito.

Para el cubano, acostumbrado a la relativa calma de su país, al desconocimiento de las verdaderas estadísticas del crimen, censuradas en los politizados medios de información nacionales, el abrupto despertar a la crónica roja que nutre a la prensa sensacionalista, no podía menos que sobrecoger el alma y exacerbar el innato instinto de conservación, por lo que escasos resultarían los que pusieran un pie en la acera antes de que el sol las volviese a iluminar.

Así había comenzado aquella primera noche, noche difícil para conciliar un sueño desfasado en el tiempo. Bella noche, en derredor todo iluminado y limpio, de fondo el rumor de una urbe en movimiento que nos acogía. Desde entonces a la fecha, muchas habían quedado atrás; las más comunes, intrascendentes, Algunas lindas, otras tristes; decepcionantes.

Casi me habían sacado de la consulta. Y que de "casi" no pasaran se debió, lógicamente, a que me resistí a interrumpirla para atenderlos, por simple ética profesional, pues entonces ni sospechaba cuáles motivos podrían llevarlos. Así, debieron aguardar afuera.

Toda una multitud —de la que solo un rostro reconocí—, que ya desesperaba cuando al fin pude salir, un hindú de cabeza prominente por sobre cuello y tórax demasiado cortos; una joven que por raza supuse le emparentaba, de ojos hermosos y cuerpo para nada deforme, su hija en realidad, a quien de voz y nombre, que nunca antes había conocido en persona; un individuo recto, blanco más contrastante por su negra vestimenta, y tres agentes de la policía, cuyo jefe, un mulato de cejas entrecanas, fue el primero en abordarme.

Se presentó como sargento detective Phomo y con tono imperativo me invitó a sentarme. Teníamos un asunto que tratar. No terminaba sus palabras cuando el hindú, Parouk, no resistiendo más su ansiedad o quizás sentido de culpa, se adelantó.

—Doctor Arranz —me rogó—, lo único que debe decir es el nombre y la dirección o el teléfono del que hace los discos.

—¿Cómo?... —no comprendí de repente—. ¿De qué habla?

En una ráfaga de gestos, ademanes y palabras cuidadas de levantar en demasía, me espetó que por desgracia se había estado dedicando a la venta de discos compactos en la ciudad de Mafikeng y que las autoridades le estaban acusando también de la producción de los mismos, delito sujeto a mayor penalidad.

—Creo que debería acompañarnos a la comisaría, doctor —agregó Phomo, llevándose las manos a los bolsillos por debajo del saco—. Acusado de los mismos cargos.

Por supuesto que me quedé muy sorprendido. En mi mente se hacía de golpe de luz en temor a los mencionados discos. Cierto número, unos ciento cincuenta, había entregado a Parouk haría, cosa de... unos cuatro meses. Sí, en septiembre. Ya ni lo recordaba... No mentí cuando dije desconocer cuáles serían los tales piratas.

—Ya se lo expliqué —lloriqueaba Parouk—. Pero usted conoce al que los produce. Por favor, doctor, dele el nombre y la dirección... o el teléfono.

—Se llama Phillip, pero desconozco su dirección.

Phomo entornó los ojos, profundos en sus cuencas. Dejó caer a todas luces su pesado labio inferior para sentenciarme:

—Lo está encubriendo. Lo vamos a llevar preso por formar parte de la banda.

—Hombre, pero ¿está hablando en serio? ¡Usted no sabe lo que dice!

De nada valieron mis alegatos. Cuando vine a darme cuenta estaba sentado en la parte trasera de uno de dos vehículos y en camino a la Comisaría, bajo la amenaza de una multa de tres mil rands (alrededor de unos quinientos dólares americanos), o siete años de cárcel. Ante mis insistencias, accedería Phomo a pasar unos momentos por mi casa a fin de que pudiera informar a mi esposa de mi abrupto cambio de condición y recoger algo de ropa y cosas de aseo personal.

Al entrar, Carla se extrañó tanto que una frase de exclamación no se hizo esperar: "Y eso, ¡que milagro!, ¡tan temprano!". No era frecuente estar en casa a esa hora, sin embargo, era común verla bella, reluciente, delicadamente arreglada, lo que hacía su belleza siempre perceptible y admirable y el oficial no pasó inadvertido al ser presentado, convidándolo luego a pasar y sentarse.

Alfred irrumpió: "¡Papá!", para luego descender por la escalera que conduce a las habitaciones superiores. No le era fácil, no precisamente por su corta edad ya de tres años sino por sus ocupadas manitos, era de esperar, pues desde su llegada hacía unos ocho meses ocupaba su tiempo pintando, nada común sus temas favoritos para su edad: pizzas, espaguetis, mesas con candelabros, sillas o quizás sus frecuentes hormigueros africanos o que decir de las comiquitas como Lulú, Pedro Picapiedra o Spiderman. No podíamos explicar semejante vocación, pero resultaba estimulante apreciar lo que para nosotros era algo excepcionalmente hermoso, por lo que solíamos guardar todas y cada una de aquellas obras maestras infantiles.

Faltaban tres pasos de escalera, y me ocupé como cada día de esperar su descenso para recibirlo de un salto como le gustaba hacer, luego un tierno beso y un formidable abrazo estremecerían mi sentir. Su bello dibujo mostró ante mis ojos para luego percatarme que en mi mente se agolpaban un sin fin de presentimientos, temores, precisamente ahora que nuestra familia había logrado la deseada independencia, esa que en la isla una joven pareja casi nunca puede lograr, y solo la convivencia con los suegros es posible para quedar a merced de las críticas impertinentes, mezquindad o egoísmo de aquellos que por fuerza del destino nos había tocado experimentar, máxime cuando el infortunio te pone en contacto con los creídos comunistas, pero admiradores del dólar norteamericano (en la isla los medios individuales para obtener una vivienda son penalizados por la ley, el estado —Castro—, es el verdadero dueño de todas las propiedades existentes, incluyendo la vida de cada ciudadano), los jóvenes matrimonios se ven obligados a convivir con los familiares como única manera de sobrevivir; de diez casamientos, cinco logran la separación definitiva a los dos años; tres la alcanzan a los cinco.

Sudáfrica también significaba la salvación de mi familia, a Carla senté en el sofá pequeño que arrinconaba en una esquina de la diminuta sala de estar, y en español traté de explicarle, con toda la celeridad que imponían las circunstancias, de qué se trataba aquello. Le sugerí preparase té o café para el sargento y el agente que quedase afuera, mientras me cambiaba de ropa.

Pasando la vista por el apartamento, Phomo se percataría en primer lugar, de que nuestro nivel de vida no resultaba, en modo alguno, compatible con la acusación que se me hacía. Un televisor de catorce pulgadas, un equipo de video de dos cabezas, un Nintendo envejecido, una reproductora de música de un solo puerto para discos, muebles simples, modestos, ningún lujo... Algo en ese sentido advertí en su mirada, en el cambio de expresión con que lo hallé al estar de vuelta. Me inquirió por los discos que tuviera en mi poder.

Mientras tomábamos el té —a Carla parecía habérsele olvidado definitivamente el hábito del café—, le mostré cuántos poseía, apenas unos pocos, dispuestos "públicamente" en la parte inferior de la mesa para la TV. Treinta y seis en total, entre auténticos y pirateados —según su apreciación—. Separó unos veinticinco, aquellos que yo mismo dije me habían sido obsequiados en una u otra oportunidad por Phillip, de estos, quince con sellos y el resto sin tales.

En el transcurso de la media hora que demoramos en el apartamento, se me fue haciendo cada vez más evidente que Phomo no creía que en verdad estuviese yo implicado en el modo en que se pretendía lo estuviese. Relajado, aceptó una segunda taza de té y hasta unos pasteles hechos por Carla.

Mucho menos incisivo que al comienzo, asentía pausadamente tras cada respuesta mía. Pensativo, quedó en un par de ocasiones. Al devolverme la taza vacía, en conciliatorio tono, me pidió ayudase declarando cuanto sabía, con lo que todo iría mejor. Alrededor de las once treinta, salimos finalmente hacia nuestro inmediato destino.

Fui conducido directamente ante el jefe de la comisaría —el jefe Peter para todos a su mando—, en la segunda planta de la edificación. Al pasar frente a una puerta entreabierta, alcancé por instantes a ver la gran cabezota de Parouk balanceándose de un lado a otro, negando cuanto le estarían imputando otros dos investigadores. Me estremecí de pensar en qué situación me encontraba o en cuántas maneras podría seguirme implicando. Arrellanado en un mullido asiento giratorio, me recibió aquel.

No hizo el menor gesto cuando le fui presentado o cuando solicitó Phomo permiso para retirarse. No lo hizo tampoco por cinco minutos, durante los que me estuvo escrutando detenidamente, tal vez tratando de establecer de qué madera estaría yo hecho y hasta qué punto podría intentar intimidarme, pues fue justamente lo que pareció querer hacer después de algunos minutos.

Elevándose su cabeza, rubia y bastante pelada muy bajo, por sobre sus más de seis pies de estatura, con voz grave, amenazante, comenzó a presionarme:

—No te aconsejo mantenerte en esa postura de no colaborar, cubano. Vas a saber cómo es una cárcel sudafricana. ¿Nunca te ha asaltado la curiosidad? No querrás imaginarte lo que te pueden hacer los tipos que tenemos ahí. O te violan o te matan, o te hacen las dos cosas —sonrió entre dientes—. No vas a poder resistirlos, así que habla pronto.

Dio unos amplios pasos por el recinto, pasándome por detrás, para volver luego a su puesto, llevaba de continuo la mano derecha, cerrada, contra la izquierda, en un gesto inconsciente de represor despojado de fusta o quizás de poder para emplearla, aunque de ninguna de las dos podía estar seguro. Se me antojó que buena dosis de resentimiento debía tal individuo guardarse contra los cubanos.

Dígase lo que se diga, a fin de cuentas, habíamos sido nosotros quiénes le arrebatáramos la fusta, aunque el sillón hubiese logrado conservar, por incompetencia o debilidad de quienes al poder habían accedido. Devolviéndole toda la dureza de su mirada, me mantuve callado pero sí recordaba, tenía las mismas razones o similares para callar como en años atrás cuando no entendía el envío de jóvenes cubanos a morir en tierras africanas como Etiopía o Angola, donde tropas cubanas en colaboración con este último país se enfrentaba en una guerra que duró más de diez años a fuerzas lideradas por Jonas Sabimbe, un opositor al régimen, siendo a su vez apoyados por fuerzas sudafricanas desde Namibia en el sur de África y que finalizó con la derrota de las mismas a finales de los años ochenta.

Para entonces era de sabios mantener las opiniones opuestas a tales decisiones en rotundo silencio, y aunque la gran mayoría se oponía, no podías evitar el envío de los jóvenes a una guerra sin sentido, solo con fines políticos y económicos. El costo era sumamente alto, más de dos mil de estos perecieron, incluyendo médicos. ¿Cuántos regresaron enfermos, cuántos han muerto tratando de alcanzar las costas de la Florida, huyendo del sistema? ¿Cuántos han muerto o han quedado mutilados al tratar de ser libre a través de los campos minados en las cercanías de la Base Naval de Guantánamo ocupada por EUA? ¿Cuántos continúan prisioneros en Cuba por pensar diferente? ¿Cuántos han sido fusilados por estas mismas razones? No habría respuestas sinceras. Tenía razones para callar y aceptar, por tanto, la ira que provenía de tal resentimiento. ¿No?

—Peor para ti, cubanito —el tono y la reiteración de mi gentilicio no hicieron sino confirmar mis sospechas—. Después que te suceda todo eso, te deportamos y...

Me irritaba sobremanera el tono prepotente del individuo. Racismo y revanchismo rebozaba por cada poro de su enorme anatomía. Respirando profundo, los puños apreté a la altura y entre mis rodillas, atrás me eché contra el breve respaldo de la silla plástica destinada a incomodar a los interrogados.

Me pedí calma. La vista no le separé, no obstante, resistiría, si de algo estaba convencido era de que resistiría.

Cuando la porfía terminó y fui devuelto abajo para tomárseme declaración por escrito, Phomo se me acercó por detrás y, poniéndome una mano sobre el hombro derecho, me preguntó si tenía o deseaba un abogado. Negué en silencio. Volviéndome, le fui absolutamente sincero:

—Hombre, no sé qué hacer. ¿Qué me sugiere usted?

No respondió. No esperaba yo que lo hiciera. Aún confiado en la justicia, y ante la seguridad de que nada debía temer, pues de nada, fuera de ingenuidad era culpable, accedí a declarar.

Conocí a Phillip en un club de *Streaptease* en las afueras de la Pretoria, en enero de 1999, cuando, hallándome hospedado en el Hotel International, que hacía de lugar de tránsito en sentido inverso para los colaboradores cubanos, en espera de partir de vacaciones para Cuba, decidí salir un rato a la calle en busca de algún entretenimiento para breves hacer las últimas horas.

Tomé un taxi sin tener un rumbo o destino predeterminado. Le pedí al chófer llevarme hasta donde alcanzaran los treinta rands que le di. El hombre, conocedor de su oficio, de solo mirarme, creyó saber lo que podría satisfacerme. Me dejó frente al local que antes mencioné, a no muchas cuadras de distancia, y unos cuantos de mis billetes se llevó como propina. Eran cerca de las ocho de la noche y todavía no había mucho público ni afuera ni adentro.

Me hice entonces de una mesa próxima al escenario. Dos refrescos pedí con un solo vaso y me dispuse a disfrutar la primera función de tal clase en mi vida. Como quiera que demoraba —de seguro en espera de mayor asistencia—, pedí una cerveza. La segunda la colocó sobre mi mesa un *afrikaaner* (palabra referida a los nativos blancos por lo general hijos de colonos o también conocidos como *Boers*. Son palabras del idioma afrikaans surgido de la mezcla del holandés, inglés y alemán), tan alto como el jefe Peter, si bien mucho más delgado, y muy bien vestido, quien me pidió permiso para sentarse y compartir también un rato de conversación mientras principiaba el show. No encontré inconvenientes que aducir.

Tan de fácil palabra como lo soy yo, no demoramos en hacer fluida la conversación. Entre los múltiples temas que atropellamos, salió el de la música de la isla, ocasión que aprovechó —pensándolo luego detenidamente, tal vez buscó—, para presentarse como representante de una firma discográfica emergente, especializada en la corriente latina de moda. Se interesó en el modo de adquirir música cubana, por lo que le di algunos nombres de agencias a los que podría dirigirse, sin muchos detalles, solo los nombres para que fuera él mismo quien los buscase. Luego le inquirí cómo podría yo hacerlo con la música que representaba, a manera de espantarme un tanto "el gorrión". Ofreció hacerme llegar algunos.

Nos despedimos tarde en la noche. Le había dado para entonces mi dirección en Mafikeng, el número de mi celular y el del hotel donde me estaba hospedando, realmente no esperando demasiado de alguien con quien entre tragos se conversa de temas por demás intrascendentes. Sin embargo, temprano en la mañana, me despertó el timbre del teléfono. Un empleado me informaba de que alguien me aguardaba en el *lobby*. Se trataba de Phillip, con lo prometido. Charlamos unos minutos sobre discos fundamentalmente, y luego se marchó. Salí esa misma tarde para Cuba.

No lo volví a ver hasta finales de julio o principios de agosto, cuando fue él quien me contactó nuevamente, por el celular, para saludarme. Me Preguntó por la familia, sobre cómo me iban las cosas. Dijo estar de paso por Rustemburg y que tal vez pasara por casa. Para esa fecha, Parouk me veía con alguna frecuencia y el tema de la música latina y los *compacts* resultaba recurrente.

A Parouk lo había conocido en muy disímiles y para nada placenteras circunstancias. Una tarde de un sábado nublado en pleno otoño, me encontraba casualmente de guardia en el departamento de urgencias cuando, desde lejos, la sirena de una ambulancia irrumpió en alaridos de inquietante desespero. En un reflejo condicionado por la práctica, sin necesidad de palabras, quedó a todos los presentes claro que algún hecho relevante había acaecido en la ciudad y rápidamente nos dispusimos a recibir lo que por las puertas del vehículo asomase. Por radio llegó con unos minutos de antelación que se trataba de dos accidentados con fracturas múltiples y requeridos de atención especializada.

Uno de ellos, joven, mostraba fracturas en ambas piernas y un brazo, siendo su estado bastante delicado. Su acompañante, por el contrario, solo presentaba lesiones menos graves. A este me dirigí, haciéndole saber cuan urgente y necesaria se hacía la intervención.

De procedencia hindú, pícnico (persona de estatura baja y consistencia gruesa), de ojos saltones, su humanidad parecía reducirse en la misma medida en que desorbitados se mostraban aquellos frente a la crudeza de tan inesperado comentario. Sus hombros, redondeados y elevados en demasía al punto de casi rozarles las orejas, flaqueaban —pero irremediablemente debía, dada la incapacidad de su hermano de firmar el consentimiento para la cirugía—, soportar. El tiempo era de momento el mayor enemigo de la vida del lesionado, tenía que saberlo.

En un rasgo de responsabilidad, tomó el bolígrafo que portaba en el bolsillo interior del espeso abrigo y, con dedos que se resistían a moverse coherentemente, no ya por el nerviosismo, sino por la incapacidad que su mano derecha demostraba, garabateó su firma, Parouk, en el documento colocado ante sí.

Milo —para más adelante dejaré los comentarios acerca de él—, no demoraría en acudir, como tantas veces en que la envergadura del proceder a emprender que a ambos nos requería. Por mi parte me encargaría del miembro inferior derecho —¿tal vez superstición?—, mientras mi colega asumía el contrario. Varias horas de intenso trabajo teníamos por delante. Asistentes para cada uno conformaban el *team* (equipo de trabajo en el quirófano). Enfrascados en la reconstrucción de cada estructura ósea o blanda dañada, con la calma de un ebanista y la precisión de un perito criminalístico, estábamos en el instante en que un sonido agudo, temido, se dejó escuchar en medio del silencio; acto seguido, una palabrota en español cubano. Una de las fresas milimetradas había claudicado al esfuerzo de fricción contra la cortical mineralizada del fémur derecho del paciente.

Si bien nadie en el equipo alcanzaba a comprender el exacto significado de la expresión escuchada, el vigor de la misma permitió a Milo inferir que alguna desgracia tenía que haberme sucedido. "Al, nosotros preferimos decir dopradella", dijo sonriendo. Al unísono todos parecieron comprender, e increíblemente, en menos de cinco minutos, el tema en tres idiomas se "relajeó". La fatigada barrena no constituía un problema en lo absoluto, al momento una de las *sisters* (también se les llama así a las enfermeras), tomó nota para reportar al siguiente día. La compañía Mathis, sucursal suiza del sistema AO, (siglas del sistema suizo de materiales de implantes para operaciones ortopédicas y traumatológicas de gran prestigio internacional y que significa reducción—osteosíntesis), era quien se encargaba de la reposición y suministro del instrumental quirúrgico cada vez que algún pedido se realizaba.

Para mí, acostumbrado a no disponer de lo necesario, quebrar una barrena era algo lastimero, ya tenerla era un "sueño difícil de creer", pero durante años Milo había conseguido equipar aquel quirófano con los sistemas de tratamiento más modernos, aprovechando el apoyo gubernamental a la gestión de salud. A partir de entonces haríamos de Dopradella palabra frecuente ante las adversidades de la vida en aquel apartado lugar y que a su vez significaba otra palabrota, pero en el idioma checo.

Cuatro horas nos tomaría salvarle ambos miembros inferiores al infortunado hermano de Parouk. Este, deshecho en reverencias, no sabía cómo enfrentar tanta alegría. Repetía ser un hombre agradecido y que no tardaría en demostrarlo.

Al día siguiente se apareció con un cheque por cinco mil rands. No entendió por qué se lo rechacé, ni aun habiéndolo sentado en la consulta con tal de explicárselo. Poca gente entendía en aquel país que fuésemos capaces de trabajar por lo que se nos pagaba, sin recibir nada material a cambio. Poca de aquella gente había oído hablar de Cuba antes de llegar nosotros, por más que nos pareciera imposible, tan acostumbrados estamos los cubanos a sentirnos un poco el centro del mundo.

Me invitó a su casa. Le invité yo a la mía. Nos visitamos varias veces. La suya, una cuidada propiedad construida a su gusto, cargada de una atmósfera especial, intrigante. La sala, amplia en comparación con la mía, estaba cubierta del suelo al techo por estanterías llenas de *cassettes* de videos colocados de canto, rotulados con nombres de películas para mí en general desconocidas, buena parte alusivas a la India y su cultura.

En una de las habitaciones interiores, una parabólica bajo techo y dos videograbadoras me hicieron suponer ciertas cosas. Que no eran de mi incumbencia me dije, tendría el hombre su negocio. Vivía con su hija, una joven que describía como de hermosos ojos muy negros, y una hermana. A ninguna de las dos vi jamás allí, es como si parecieran vivir en secreto o tal vez era la forma de ser de los musulmanes y ni a Carla ni a Alfred, quienes se aburrían con cada visita les gustaba ir. No había perros ni gatos.

De la mía, poco que mostrarle, amén de un ambiente hogareño con hijo y mascotas: un Cocker Spaniel carmelita nombrado Floppy y el que parecía ser imprescindible para los lugareños, un gato — por aquello de que ahuyentaba a las serpientes—, que respondía por Bruno cuando le daba el deseo de responder.

En medio de mi modestia, algo le llamaría la atención. Tenía yo cierta cantidad de discos de música tropical. Había adquirido algunos en lugares especializados, en las propias calles de Mafikeng e inclusive a algunos compatriotas que los "quemaban" para ahorrarse el costo de comprarlos. Era hecho conocido entre los colaboradores que en algunas provincias los estaban "quemando". De moda estaba entre los cubanos tener muchos *compacts*, toda vez que aún resultaban novedosos en la isla.

Me comentó que estaba necesitando unos cuarenta discos, pero de música internacional, en inglés, para regalarlos a unos conocidos de su medio, con los que tenía un compromiso. Disponían estos de varios bares en Pretoria, con máquinas reproductoras modernas, con el tiempo me confesaría que se trataba de algo cercano a un clan familiar de varios hermanos dedicados al mismo giro de negocios.

Fue cuando recordé la conversación con Phillip y sus ofertas "A bajos precios en relación con la media del mercado", como única vía para su compañía de abrirse paso. Me había rogado que, si llegaba a conocer yo de alguien que estuviera interesado en adquirirles cierta cantidad, no dudara en hacérselo saber, que se ocuparía pronto de hacer los necesarios arreglos. Sin embargo —así mismo le dije a Parouk—, entre tragos se había olvidado de darme su número. "Ahh, vaya descuido", se quejó el hindú de confesión musulmán ladeando la cabezota. Le estimuló que hubiera Phillip quedado en contactarme, aun cuando, como ya dije antes, durante meses no lo había hecho.

En cada ocasión que nos veíamos, que pasaba Parouk por el hospital o yo por su casa, el tema volvía a la palestra; invariable resultaba mi respuesta. Cuando por fin Phillip dio señales de continuar entre los vivos, como un favor le mencioné de las necesidades de mi expaciente y ahora amigo. Le alegró, no las estaban pasando del todo bien —me susurró con aires de confesión—. Tomó nota, supuse, y dijo que lo atendería en cuanto le fuera posible, a lo sumo unos días. Hábilmente, se me escurrió —tal como comencé a verlo luego—, cuando le pedí su número de celular; entre los males que le golpeaban mencionó haberse separado de su mujer y que, en la mudada, se había el equipo extraviado, pero que adquiriría otro y me lo daría inmediatamente.

Puntual, para el margen de tiempo anunciado, se me apareció en el apartamento un afrodescendiente de tez oscura a timón de una camioneta Toyota de color rojo, nueva, con una caja conteniendo, siete *compacts* para mí y una lista de cincuenta títulos para que Parouk escogiera. Se la hice llegar y la tuve de vuelta al día siguiente con una selección de ocho entre aquellos y cinco copias por cada uno, agregando el hindú que podría pagarlos a treinta rands por unidad, no más. Phillip se comunicó conmigo cosa de dos días después, interrumpiéndome el timbre en medio de la consulta. Con premura le leí los encargados, agradecí su presente, y colgué. A la semana, de nuevo el sudafricano afrodescendiente de la Toyota me dejó en el apartamento la caja con los cuarenta discos y recogió el dinero que, previsoramente, había yo dejado con Carla. Me dejó tres, también en inglés, de obsequio.

Meses después Parouk volvió a solicitarme que le pusiera en contacto con Phillip. Le pedí su dirección y teléfono para pasárselo a aquel en cuanto me contactase de nuevo. Así lo hice. Esperaba deshacerme del papel de intermediario que entre ambos me habían dado.

Empero, no me sería tan fácil. Pasada una semana aproximadamente. El afrodecendiente sudafricano de la Toyota se presentó otra vez en mi apartamento. De casualidad me encontró, pues no había ido a trabajar esa mañana por una fuerte gripe que aquejaba a Alfred.

No había encontrado a nadie en casa de Parouk. Se trataba de una cantidad importante la que traía. No quise quedarme con tantos —ya algo me comenzaba a no gustar, un mal presentimiento quizás—. Lo cierto fue que telefoneé a Parouk, a los distintos números que me hubiera dado. Le hallé finalmente por un celular a nombre de su hija. Se había trasladado de urgencia a Rustemberg, unos doscientos kilómetros separada de Mafikeng, al funeral de alguien de su extensa familia. Me rogó no despachara al enviado de Phillip y que, en su lugar, le pagase el encargo —se trataba de tres mil rands, al mismo precio de treinta por unidad—, que él me los devolvería apenas regresase (el precio promedio era de unos sesenta rands equivalentes a unos diez dólares americanos).

De entonces a la fecha, no había vuelto a tener noticias de Phillip. En total, de él había recibido diez de los veinticinco que Phomo confiscara aquella mañana en mi apartamento.

13 de enero del 2000, jueves

LUEGO DE HABER ESTADO FUMANDO afuera por espacio de varios minutos, faltando poco para las ocho de la mañana empujé la puerta exterior de la estación. Me indicaron aguardar en uno de los bancos de madera colocados a un lado de la entrada.

Escogí el que aún estaba vacío. No esperé mucho tiempo. El oficial Phomo, en mangas de camisa y llevando el saco doblado sobre el hombro izquierdo, se me acercó en silencio. Me miró con cierto aire de superioridad —quizás solo aquella que le daba el estar de pie con sus 1.75 metros aproximadamente de estatura—, antes de pedirme me incorporase con un gesto de sus cejas entrecanas.

—Doctor Arranz —me estrechó la mano—, podemos ir saliendo, si le parece.

Creo que mi rostro expresaría una gran resignación. Me incorporé y le seguí hacia una camioneta blanca aparcada para luego dirigimos hacia la ciudad de Mmabatho, la cual se encuentra al norte de Mafikeng, a unos quince kilómetros se habla Tswana, y como allende la frontera, también allí se habla Tswana, una de las doce lenguas oficiales en el país sudafricano. Es una ciudad bonita, limpia, con contrastantes edificaciones si se la compara con Mafikeng.

Antaño fue la capital del pequeño estado de Bophuthatswana, que se uniera a la naciente nueva Sudáfrica, luego del fin del Apartheid, al comienzo del proceso de reconciliación nacional impulsado por el presidente Mandela. A pesar de no poseer una capacidad industrial fuerte, durante la época de Lucas Mangophe —quien gobernase este pequeño territorio con mano de hierro—, se le llegó a considerar como una de las zonas de mayores perspectivas económicas a pesar de ser un Bantustan (reservación o ghetto negro en los tiempos del apartheid en Sudáfrica. La palabra proviene del Bantu, nombre dado a un grupo de tribus autóctonas que hablan diversas formas del idioma. Entre estas, los Zulú, estos contaban con cierta forma de administración propia. Bophuthatswana era considerado un Bantustan y en toda la historia llegaron a ser nueve), debido a los bajos impuestos y las intensas inversiones provenientes de Sudáfrica, constituyéndose en un corredor económico importante entre esta y la vecina Botswana, con la que compartía una frontera de varios cientos de kilómetros.

Sin embargo, las cosas habían cambiado desde entonces. Con los nuevos aires que se abatían sobre el cono sur del continente, la rebelión popular no se hizo esperar, determinándose por amplia mayoría de la población la unión inmediata con la poderosa vecina que se levantaba de la oscuridad de la segregación, y aspiraba a abrirse paso en el concierto internacional de naciones. Absorbiendo el territorio en la provincia de Northwest (provincia del noroeste), pasaba a ser un término municipal, regido por las leyes de la naciente Sudáfrica. Frenando en buena medida el flujo de contrabando, evidentemente había mermado su ficticio florecimiento.

Fuimos directo a la Corte Municipal. Se encontraba esta, muy cerca del estadio de fútbol de la ciudad, construido en la época de Mangophe, una zona céntrica y bien cuidada. No concurría allí por vez primera, si bien en diferente condición lo había hecho antes, como testigo de la fiscalía, una especie de asesor médico sería más exacto llamarle, en procesos legales con lesionados por mí atendidos en el servicio de urgencia del hospital.

Sin mucha solemnidad, se fijó rápidamente la fecha de la primera vista en el término de ocho días a partir del corriente mes.

Aún no tenía siquiera abogado. Contaba únicamente con un número de un asesor jurídico del sistema de salud provincial. No tardé en ponerme en contacto con él. Me recibió demostrando toda la disposición de auxiliarme, pero una vez expuesta mi situación, viendo que no tenía una directa relación con lo estrictamente profesional —

campo del que no podía salirse—, me remitió a un amigo, abogado civil con bufete en la propia ciudad de Mafikeng.

El doctor Hompo, sudafricano afrodescendiente de tez oscura que parecía tener más o menos cuarenta años de edad, de porte distinguido y maneras educadas hasta en exceso, se hizo cargo de mi caso desde la primera entrevista. No tendría motivos para preocuparme, no pasaba mi "delito" de ser una contravención, recogida en la Sección 7 del acta sobre derechos de autor número 17 de 1941, por la que en el peor de los casos, se me podría multar por un monto de tres mil rands.

14 de enero del 2000, viernes

De nuevo en la Corte. Siendo la cuarta vez que allí estaba, con desenvoltura me conduje. Busqué dónde sentarnos Carla y yo, mientras que el doctor Hompo desaparecía tras una pesada puerta dejándonos atrás. Pronto reapareció y en su compañía pasé a una pequeña sala donde habría de aguardar hasta ser llamado. El banquillo, de listones de madera, debí compartir con otros tres acusados, dos por violación y uno por hurto.

Esperé durante cuarenta minutos a que terminase la vista precedente. En dicho lapso de tiempo no vi a Parouk, lo que no negaré que comenzó a inquietarme. Al cabo llegó. Lo sentaron bastante lejos. Se veía apenado. Todo el tiempo eludió mi mirada.

Phomo se presentó al poco tiempo de haber sido llamado nosotros. Se sentó equidistante a los dos. Apenas si me saludó, y no volvió a reparar en nuestra presencia. Un alguacil me llamó finalmente. Tragué en seco. "Bueno, por fin", me dije.

Sin embargo, todavía la vida me deparaba tragos amargos.

El procedimiento sería breve. Luego de las identificaciones de rutina, se fijó el juicio para el día 3 de marzo y se me pidió firmar el acta. En virtud del delito tipificado como posesión de discos compactos falsificados, resultaba tributario de reclusión carcelaria hasta la fecha del juicio, o abonar una fianza de tres mil rands. Me sorprendió la severidad de tal medida, para nada se tenía en cuenta mi actitud, mis condiciones morales, mi falta de antecedentes penales de ninguna índole. No así la cuantía de la fianza, ya me habían advertido no sería baja. Iría de nuevo tras rejas, pues malabares tendría que hacer para reunirla.

En mi poder tenía dos tarjetas bancarias. La del First National Bank en que era depositado directamente por el Ministerio de Salud sudafricano el monto de mi salario mensual, no permitía extraer fondos sino a título personal.

En el Standard Bank, al que había transferido algunos ahorros, más bien la mayoría, no solo para mayor agilidad en trámites en ocasión de mis primeras vacaciones, sino además para evadir los periódicos chequeos de las autoridades cubanas, pues el problema de la deuda externa había comenzado precisamente en la misma provincia en que me encontraba y el temor a tales intromisiones nos resultaba desagradable, y algo más por mantener la cuenta ganando intereses, y aunque alcanzaba semejante monto, no podía extraer; por añadidura, el cajero automático permitía la extracción de un tope de mil rands diarios. Convine con Hompo en que de momento pusiera lo restante. Confié a él mi número secreto de clave. Me pidió paciencia y confianza en que todo se resolvería en unas horas. Con un apretón de manos nos despedimos. Con un tierno abrazo y un beso a Carla donde yo me sabía la tranquilizaba.

Me "alojarían" en una sección especial de tránsito, adosada al fondo de la Corte. Del alguacil de esta última fui traspasado a un oficial que me conduciría. Atravesamos un pequeño patio octogonal al que daban las rejas de entrada de las celdas, una por cada uno de los siete lados disponibles; desde su acceso, un uniformado de gorra echada hacia atrás, intuí que las vigilaba de vez en vez.

Casi en medio de este, a la vista de todos los inquilinos de aquéllas, sin saber yo aún a cuál estaría destinado, tuvo el oficial la imprudencia de pedirme mis pertenencias; el reloj dorado —imitación, pero de lejos...—, el teléfono celular, el cinto, los cordones, la cartera con los documentos, el menudo que llevaba, hasta un palillo de dientes que me había olvidado en el bolsillo, sin embargo, no advirtiendo mi cadena en la camisa, introdujo en una bolsa de color negro con un número —cinco—, apretó el cordón y se la colgó del cinturón.

En un gesto instintivo pasé la mirada en derredor, la número cinco, a las "ocho" desde mi posición. Un cosquilleo me recordó el espinazo. Ni sé cuántas manos se aferraban a los barrotes, ni cuántos ojos miraban tras aquellos.

La reja se abrió hacia afuera —como creo que se abran todas en el mundo—, y la masa de manos y ojos cobró corpórea existencia frente a mí. Nadie se apartó por hacerme lugar. Solo con un par de imperativas frases del oficial pude encontrar cómo penetrar. No era mayor que la celda de la estación de Mafikeng, no demasiado espacio sería menester para recluidos de otra época, supuse, y donde debían estar no más de cuatro o cinco, ahora ya eramos ocho. No tenía un quicio de cemento al frente, allí los barrotes llegaban por sí mismos hasta el suelo.

Extraña me resultó su configuración —me estaba haciendo un experto—, formada por un espacio rectangular delante al que se juntaba otro, dispuesto tangencialmente que resultaba a manera de un pasillo de unos dos metros al final del cual estaba la letrina. No había donde sentarse. Como quiera que la sección más externa estaba ocupada, no tuve otra opción que retirarme un tanto en el pasillo aquel, sin pena de tener que permanecer de pie por horas.

Dos individuos, que después conocería, se encontraban en espera de traslado a otro centro de reclusión permanente, pusieron los ojos en mí desde un primer momento, en lo que sin dudas la exhibición en medio del patio habría influido. Algo se comentaban en voz baja, algo que yo no conseguía entender, apenas escuchar como susurros. Me acomodé de frente a ellos, no quería dejar margen a sorpresas. Afuera, el vigilante asomaba la nariz. Uno de los dos aludidos, habló en Tswana, ¿se refería a mí? No le comprendí. De todos modos, el tono no me resultó para nada halagüeño.

A la mente, caprichosamente, me vinieron recuerdos de mis años de universidad. Sentía de nuevo el particular temor, ya casi olvidado, de la primera vez que compitiera oficialmente en la Copa Mambí, de Karate-Do, quizás incluso de un poco antes, de las primeras eliminatorias zonales en la provincia.

La mirada se me hacía fija en el afrodescendiente de tez oscura que se acercaba lentamente, el ritmo cardíaco me aumentaba. ¿Habría combate? No apostaría a lo contrario. Cuidado no ponerle sobre aviso, me fui recogiendo el tiro del pantalón, las piernas ligeramente separando, los hombros expandiendo, los puños alistando. Combate habría, entonces sin reglas.

El sudafricano afrodescendiente estaba muy próximo. El otro individuo, blanco, le secundaba, murmurando en afrikáans (idioma que solo se habla en Sudáfrica resultante de la mezcla del holandés, inglés y el alemán). No les comprendía. ¿Sería una ofensa no haberlo hecho? No tendría ya cómo disculparme. Me despegué de la pared y el desafiante se detuvo. Me introduje la mano izquierda por dentro de la camisa, tomando la medalla que llevaba siempre conmigo, besé la virgen sobre las iniciales de mi nombre.

El sudafricano de tez oscura vaciló. Su socio lo empujó adelante, me lo echó encima. No sé en quién pensé en ese instante, no sé si en alguien tuve tiempo de pensar. En un arranque de inusitada potencia, propio de animal acorralado, riposté con una patada a la porción superior de su anatomía. La falta de entrenamiento, la elasticidad perdida, impidió que impactase en el blanco deseado; me quedé por debajo, a nivel del cuello, justo donde debí evitar pegar por lo peligroso. El desafiante fue a dar contra la pared, rodó por esta y luego al suelo, como un bulto.

Sin perder la inercia proseguí en pos del segundo de aquellos. Sentí un golpe por el hombro derecho, insuficiente para detenerme. Avancé, dejando la ratonera del pasillo. En la sección del frente dispondría de mayor espacio. Había impresionado a mi oponente, incluso llegué a creer que ya no insistiría. Lo llevé contra las rejas, sin volver a lanzarle un golpe, en la esperanza de que así fuese.

Un sorpresivo salto en su mirada debió advertirme de que algo raro sucedía; para mi desgracia, no con el suficiente tiempo. Me daba tres cuartos de vuelta cuando recibí un fuerte golpe a nivel del omóplato izquierdo. Lancé un tornillo con mi pierna correspondiente, sin alcanzar a un tercer contrincante, también tez oscura, pero no aquél de inicio, aquel continuaba tendido en el tramo que daba a la letrina. ¿Lo habría matado? Recibí un nuevo golpe, entonces por el flanco derecho, que me hizo doblarme por fracciones de segundo. Fui lanzado atrás, sin llegar a caer, por fortuna.

Un gancho devolví al frente. Contra carne choqué y carne hice retroceder, logrando un respiro momentáneo. Luego, no sabría decir a ciencia cierta lo que ocurrió. Se me hizo oscuro todo y el dolor de repetidos golpes me hizo olvidar cada vez el precedente.

Volví a sentir el aire penetrando de veras en mis pulmones mucho después. Tenía la garganta seca y un enorme peso en la cabeza y en los brazos. No podía expandir el hemitórax derecho. ¿Me dolía? El dolor no conseguía ubicar. Era todo un gran dolor. Alguien me sostenía en sus manos, trataba de incorporarme. Los ojos abrí poco a poco.

Era un hombre mayor, quizás el mayor de todos. De pie a su lado, el vigilante me miraba con lástima. El resto de los inquilinos habían sido obligados a irse al fondo. Las manos de aquel hombre me sacaron afuera, me depositaron sobre el cemento del patio central.

"¿Se siente bien?", me preguntó el vigilante. ¿Cómo podría? Dijo que no habría problemas. Era inocente, se lo había informado, con un disimulado gesto, el hombre mayor que me rescatara del infierno. Exonerado de culpas, pero sin mayor atención, sobre el cemento debí soportar mi dolor y aguardar a que llegase alguna noticia sobre la fianza. Pedí al doctor Hompo no establecer acusación alguna por lo sucedido. No volvería a saber de aquellos truhanes, tal vez de uno de ellos había librado al mundo.

21 de enero del 2000, viernes

LAS GUARDIAS CONTINUABAN SIENDO CADA vez más tensas, para entonces el superintendente había decidido recibir pacientes desde otras clínicas aledañas y de hecho el hospital se estaba convirtiendo en un centro de referencia. Era el precio a pagar por la buena labor desempeñada en tan poco tiempo, desde los días de "Milo y Arranz".

Ambos nos apoyábamos en el esfuerzo decidido del otro, si algún caso lo requería, sobre todo aquellos con fracturas múltiples que tiempo atrás habrían sido motivo de referencia a otras instituciones. Sin embargo, ya era solo Arranz. Siendo el único especialista de traumatología, las necesidades hacían que me localizaran las veinticuatro horas al día.

Echaba mucho de menos a Milo. Siempre agradeceré el haber sido designado como su subordinado. Emigrado previo a la caída del campo socialista y la estampida de profesionales euro–orientales hacia los cuatro extremos del mundo, alto, delgado, de lentes y larga bata impecablemente blanca, me resultó, de inicio, tal vez hasta un tanto difícil, fue por su carácter retraído, pero, al propio tiempo, todo lo contrario al conocer de su gran competencia.

Había logrado mejorar los estándares de tratamiento por mucho tiempo aplicados en aquella institución, con la adquisición de los más modernos instrumentales quirúrgicos empleados en la especialidad en el primer mundo.

Lentos, muy lentos, los primeros, luego más veloces —hasta hacerse apenas unos instantes—, transcurrirían mis primeros días, solo, echando de menos demasiadas cosas. Sumergido en el trabajo por no pensar en ellas más que hasta donde podía considerarse saludable, paso a paso fui insertándome en aquel medio desconocido de nuevas reglas, vivencias y conocimientos, de costumbres alejadas de lo ya sabido hasta entonces.

Me ayudaba sobremanera el que existiese un común denominador para cada jornada, de lunes a viernes y en no pocas ocasiones también los fines de semana: el trabajo era intenso y requería horas extras. Milo, quien se mostraba algo desconfiado frente a su nuevo colega, no desperdiciaba oportunidad para confrontar entidades, para discutir o definir conductas guardando siempre el virtuoso sentido de la ética, al propio tiempo reconocía mi sólida preparación. Ambos encontrábamos un camino seguro que permitía derribar estadísticas existentes en aquel lugar.

Así estaban las cosas, los resultados no demorarían en manifestarse. El nivel de atención se enriquecía, el prestigio científico se incrementaba, nuevas y complicadas intervenciones se realizaban. Ambos disfrutábamos aquello.

Habíamos conformado un equipo inseparable, no solo para acarrear el riesgo de un proceder sino, a su vez, para celebrarlo. Era entonces menester encaminarse al club O'hagans para encontrarnos en una especie de ritual que conllevaba dos copas per cápita de tequila al antiguo estilo, con la rebanada del jugoso cítrico y la sal en el dorso de la mano, en aquel exacto lugar, sobre el pliegue entre el pulgar y el índice. Le seguían cervezas, algún platillo de aperitivos para salar e inevitables, nuevos retos para la próxima ocasión.

Una de tales oportunidades, me presentó Milo un tal amigo. Anestesista de profesión, Olaf Schwarz que había compartido con él tiempos pasados. Por entonces, se desempeñaba como representante, de vuelta en Sudáfrica, de una compañía germana productora de máquinas de Anestesia. "Tipos de estos que piensan distinto", me había dicho Milo. "*Another mentality* (otra mentalidad), siempre superiores". Y sí, que distinto pensaba. Me sorprendió con una comparación que no había pasado por mi mente: "Cuba hoy en día exporta médicos como Grecia marinos, prostitutas Europa del este o Ghurkas Nepal. (Los Ghurkas, así llamados porque originalmente provinieron del pueblo de Gorakhpur, son la clase gobernantes en Nepal. Es un pueblo guerrero que durante épocas combatió con otras tribus y reinos de la región del Himalaya, hasta que en 1769 se establecieron como regidores del territorio de Nepal. Combatieron contra los británicos en 1814, pero luego llegaron a términos amistosos con estos. Sirvieron en el ejército indio bajo el comando británico durante las dos guerras mundiales. En 1947, cuando concluyó el dominio británico en la India, algunos batallones Gurkhas pasaron a formar parte regular del ejército inglés y también del indio. Actualmente son empleados como unidades de choques y en nuestro continente participaron en la guerra de las Malvinas). ¡Buena manera de haceros de dinero *yankee*!". Reímos de su ocurrencia, reímos sin mucho pensarlo. Luego de un rato en que me retraje un tanto para poder hacerlo, convine en que no poco dinero al país estábamos proporcionando con el "diezmo" del 38 por ciento al que éramos sometidos, incluido el monto aportado por la *Social Security* (seguridad social). En números redondos, se estimaba en 1,520,000 rands mensuales, 253,000 dólares al cambio oficial, unos tres millones anuales. Y todavía podíamos considerarnos privilegiados, pues disfrutábamos de un contrato especial, para nada común en el resto de las colaboraciones médicas cubanas en el exterior.

Se trataba de un gran experimento por parte de las autoridades cubanas, pues no solo el salario era el real para el país receptor, sino que se permitía el viaje conjunto de esposas e hijos del colaborador —se comentaba que influenciado por la postura del presidente Mandela—, opuesto a la aplicación de estándares ya antes en la vecina Bostwana, por el cual, a pesar de que el salario era aún superior al sudafricano, solo a las manos del hombre llegaba un estipendio de ciento cincuenta dólares por mes. Y en muchos otros sitios, ni siquiera eso.

Experimento que por no pocas de aquellas autoridades se consideraba "ideológicamente" fracasado, dada la creciente deserción de las reducidas familias, aún con la pérdida del porcentaje acumulado en bancos de la isla y solo otorgados con el regreso, pues según el contrato, el cooperante tenía que enviar cada mes, al gobierno de Cuba el 56 por ciento del salario devengado, de los cuales 30 por ciento a las arcas del gobierno, y el 26 por ciento restante a una cuenta bancaria creada con esos fines por las autoridades cubanas a nombre del médico contratado. Sudáfrica, a su vez, pagaba un 8 por ciento del salario a cada contratado y de acuerdo a normas constitucionales del país, dinero que era acumulado hasta la jubilación del trabajador quien al final de años de ardua labor, recibiría el dinero acumulado y los cubanos no estaban exento de tales medidas, solo que de acuerdo a las autoridades cubanas este dinero no era necesario pues en la isla la jubilación, además de garantizada permitía vivir sin dificultad a los de la tercera edad, ¡pura infamia! Y desde luego, el gobierno se lo apropiaba, al final recibía el 38 por ciento; el otro 26 por ciento se acumulaba en la famosa cuenta, aparentemente personal y de la cual solo se le permitía al colaborador extraer el 30 por ciento de ese dinero depositado durante tal año de trabajo, y al regreso a la isla ya sea de vacaciones o definitivo (la idea era obvia; el costo de escapar significaría dejar ese dinero acumulado, pero en las manos de Castro, pues ni los beneficiarios tendrían derecho a extraerlo); para colmo, el país receptor solía pagar el tiempo extra de trabajo.

Nunca antes en la historia de una colaboración, un médico cubano había sido mejor pagado como en esta, a pesar de las trabas implementadas por las autoridades para que esto no sucediera, pero a las que el presidente Mandela, justo una vez más se opondría, y el salario, por tanto, era similar al de los sudafricanos o extranjeros que llevaban años trabajando, equivalente a unos 1,800 dólares americanos mensuales (el salario de un médico en Cuba es el equivalente a unos 25 dólares americanos mensuales); el sacrificio no se haría esperar y durante los primeros años (1996–1998, formados por cuatro grupos, alrededor de unos cuatrocientos cooperantes), los médicos comenzaron a idear la manera de no ser explotados, despertaron al lograr evadir la totalidad del dinero a remesar cada mes sobre todo, aquello concernientes al *Overtime* (tiempo extra de trabajo y no estipulado en el contrato); nadie podía explicar qué sucedía en Sudáfrica, pero los que allí trabajaban venían saludables, alegres, con dinero para la familia, llenos de regalos de aquel lejano país, mientras que otros se las arreglaban para idear una vía que no le permitieran ir ni siquiera de vacaciones por temor a ser dejados en la isla pues esto sucedía con frecuencia.

De repente y después de un mes de descanso próximo a regresar a trabajar en un país determinado, recibías la noticia en pleno aeropuerto que el contrato había sido cancelado por el país receptor y perdías la oportunidad de ganar un dinero justo al pago del sacrificio, así las autoridades, al percatarse, comenzaron a buscar los medios necesarios para evitar el continuo mejoramiento de la calidad de vida de los médicos y familiares más cercanos y lo consiguieron.

Lograron penetrar a algunos representantes sudafricanos ofreciéndoles becas para sus hijos, paseos por la isla junto a sus familias, vaya modo de sobornar, pero se comentaba que hasta sumas de dinero formaban parte del paquete tenebroso. De este modo realizaron un levantamiento bancario en algunas provincias como Northwest Province (provincia del noroeste, lugar por donde comenzaron a descubrir el dinero que en realidad ganaban los médicos de aquellos primeros grupos), la noticia corría por toda Sudáfrica, los cooperantes estaban en peligro, todos temían ser devueltos a Cuba y la famosa frase "La deuda es impagable", encontraría finalmente un gran motivo para su existencia, pero aunque las deudas de la isla con otros países son grandes, el gobierno nunca pagará (por ser impagable descaradamente por castro), pero aquella, la del sacrificio, fue cobrada dólar a dólar por las autoridades sin importar que los descubiertos, sin franca violación del contrato, se deterioraran física o mentalmente.

Lo que nunca se supo fue adónde fue a parar todo aquel dinero, las medidas fueron tomadas: algunas cuentas fueron congeladas, otras cerradas, algunos contratos cancelados, los que retornaron fueron obligados a pagar. Pedro fue uno de los nombrados aquella mañana en la famosa reunión en Cuba antes de partir y que nunca más regresó.

En casa no comprábamos el "*The Mail*", tal vez por ser un diario local, limitado en general a asuntos de relativa importancia para un extranjero. Prefería el "*Daily News*" y a Carla le daba lo mismo. Ese día podría pensarse que el destino me llevó a comprarlo junto a unas historietas para Alfred. En verdad por no tener qué leer esa tarde mientras aguardaba la hora oficial de salida del hospital, tarde que había sido inusitadamente tranquila, presagiando quizás la tormenta, lo hojeé sin especial interés, dejándolo luego sobre el escritorio para en el último instante retomarlo y llevármelo bajo el brazo.

Ni lo recordaba, cuando Carla me gritó desde la sala por algo que acababa de hallar en sus páginas. No podía salir enjabonado, desnudo y chorreando agua, por medio apartamento. Constituye el baño una especie de ritual para mí, en el que acostumbro a tomarme todo mi tiempo en la bañera con agua caliente. Nada tan importante podía ser como para de allí sacarme, así que le grité que ya iría al terminar. Insistió. Y, más que insistir, empujó la puerta, llevando el diario en las manos.

—¿Qué pasa?

—No leíste lo que dice aquí, ¿eh?

Me encogí de hombros, sin adivinar a lo que se refería. En una nota de pocos párrafos, casi a pie de página, un tal Moalusi firmaba una crónica desde de la ciudad. Mi nombre leí por vez primera en un diario, para ser sincero, de cualquier género escrito para pública difusión. La nota indicaba:

"Cuban Doctor arrested, By Víctor Moalusi.

Mafíkeng. Dr. Arranz Ballesteros, a Cuban medical doctor attached to the Bophelong hospital in Mafíkeng, appeared briefly in the Mmabatho regional Court before Mr. Modibedi Djaje last week, charged with possessing counterfeit CD's...".

Tres párrafos en total, que podían resumirse en que el "Doctor Alfonso Arranz, colaborador médico cubano, sería juzgado en dicha corte, en fecha 3 de marzo, por un delito de contravención. Se explicaba más adelante que por posesión de discos compactos falsificados".

—No te perjudicará para la renovación de la visa, ¿Al?

Bromeé con ella sobre el particular. Hasta le dije que podía darme por satisfecho, pues, tener un hijo, sembrar un árbol y escribir un libro, todo hombre debía también aparecer en un periódico al menos una vez en su vida para trascender a la muerte. Me estaría quedando ya menos: solo escribir el libro. Entornando los ojos, sus hermosos ojos pardos, retomó a lo suyo. Cerré los míos y la cabeza zambullí en el agua jabonosa.

Demoraba el trámite, ciertamente, pero era lo común allí. De cualquier modo, la misma no caducaba hasta el mes de abril. No, no tendría para nada que ver una cosa con la otra. Se trataba de una contravención, no era para las autoridades un delito siquiera... "¡Para qué pensar, Dios mío!".

Tumbada en el sofá me la encontré al salir. El diario en el suelo ante el mueble, abierto en "mi página". Alfred jugueteaba en su habitación con Floppy, Bruno ni idea de dónde andaría. Era aquella toda mi familia, todo mi mundo en aquel sitio. Me senté a su lado. Me miró, se sonrió, se dejó besar en la frente y en la mejilla izquierda, la boca delicadamente me rehusó. Se aburría como una ostra, no tenía que decírmelo para darme cuenta.

Había hecho lo posible por obtener de la representación cubana autorización para que se sometiese a un examen de competencia, similar a los que los propios sudafricanos hacen a los candidatos en Cuba, y pudiese incorporarse a trabajar como anestesista, solo necesitaba esa oportunidad, pues su sólida preparación, su conocimiento del idioma y los apenas ocho meses que llevaba en el país le habían permitido mejorar en todos los sentidos, le valdrían para vencer con facilidad ese examen y no había dudas, estaba claro que lo lograría con la maestría que la preparación de años le había conferido, pero cada mes era pospuesto tal ejercicio y no porque tuviéramos acuciante necesidad de dinero, que de todos modos bienvenido siempre sería, sino por sacarle un poco de la casa, dejarle hacer su vida profesional nuevamente.

A Alfred ya le encontraríamos niñera; aunque le gustase más o menos, sabía que se adaptaría. No la conseguía, sin embargo, los mismos fantasmas de siempre salían a la luz envueltos en sus amarillentas sábanas.

Tampoco podía sacarla mucho. Lugares donde ir no escaseaban, ni dinero tampoco, aunque no alcanzase para todos los días. Era tiempo libre lo que me faltaba. Tras la larga jornada diaria, y siempre que no me requiriesen de urgencia de nuevo en el hospital, aprovechaba lo que me iba restando en estudiar un poco, era un hábito de años, un hábito irrenunciable.

Alfred me llenaba los minutos sobrantes. No era todo lo que de la vida podría esperarse, lo sabía, pero entonces no estaba en condiciones de poder hacer que esto cambiara. Durante mi primer año allí y los primeros meses del segundo, ya ellos conmigo, más holgado me había visto; bastante que habíamos paseado. Luego de la partida de Milo de regreso a su país, en verdad, ya más no podía hacer.

La vida en aquel apartado lugar no resultaba fácil. Me había yo adaptado, con cierta dificultad, pero lo había logrado. Sin embargo, no todos lo lograban.

El invierno se hacía difícil para la pequeña comunidad no acostumbrada a él, la temperatura por debajo de cero, el frío seco que nos quemaba, nos obligaba a cambiar hábitos y a protegernos. La tierra árida era cubierta por un colorido marrón–rojizo, abrumada y ocupada por la hierba seca al no poder obtener los beneficios del tan bendecido suelo en esa época del año y era frecuente ver a los nativos quemarla, previniendo la migración de serpientes fundamentalmente venenosas hacia las viviendas cercanas, como la cobra que en dicha estación busca un refugio cálido para protegerse; los árboles también mostraban la inclemencia de clima, deslustrados en comparación al bello paisaje primaveral, contrastaban con algunos verdes céspedes que eran atendidos con esmero por personal contratado para estas labores.

Para nosotros, los cubanos de entonces, el invierno era demasiado fuerte y prolongado. Había que encerrarse a tratar de pasarla lo mejor posible; por fortuna, el mínimo de condiciones teníamos. Con frecuencia nos juntábamos con el Profe y el viejo Román para compartir un té caliente a lo Srilankés, de lo que Román sí tenía mucha experiencia y se jactaba de ello, o sencillamente, bajo el aroma del incienso, alguna que otra experiencia del día, para recordar en aquella apartada soledad la desdicha de la distancia y la impuesta separación al contrato enmendada —a Dios dábamos Carla y yo gracias de escapar, lo que no ellos—. Una noche tras otra, esperando el fin de mes para comunicar a casa y saborear el desesperado eco que nos invadía y del que ninguno escapaba. Solo cinco minutos.

Era el precio del gran sacrificio, necesario, imprescindible, se debía ser preciso, conciso, para detallar lo referente al estado de salud de los seres queridos en la desdicha, para escuchar una voz amada y dejarles claro que nada quedaba atrás, no hacerlo de ese modo representaría una no desestimable pérdida económica al final de año, y ese lujo nadie podía dárselo.

Todos éramos en mayor o menor medida presa de tal inconformidad y aquellos que cerca vivían se visitaban para compartir los fines de semana, ayudados por los de los primeros grupos que de una forma u otra habían adquirido autos, algunos hasta viajando mucho más lejos, fuera de la provincia, hecho este último poco visto con anterioridad entre colaboradores de origen cubano en el exterior y no bien valorado por la representación. Sin embargo, era la forma encontrada para protegernos de la violencia, para disipar la nostalgia, y por qué no, para saciar el anhelo de cada cubano a determinar por sí mismo su propia vida por primera vez. Para la representación, otro golpe a la ideología.

No dejaba de influenciarme la mala experiencia vivida en Pretoria, tiempo atrás, a la salida de otro club —infausta debilidad la mía por los dichosos clubes—, al que arrastrado me vi en compañía de otros amigos, cuando ni Román ni el Profe estuvieron disponibles.

El "Caramba" era lo más cercano a nuestra idiosincrasia que se podía encontrar allí, ubicado en una de las avenidas más céntricas de la ciudad y atestado de amantes de lo que tenía sabor a trópico. La noche en cuestión, conducía un Mazda rojo, propiedad de uno de aquellos amigos —Roger—, como la anterior vez sin rumbo definido, cuando dimos con el sitio. Éramos un grupo de cuatro personas, contando nuestras respectivas esposas.

Dentro, una gran bandera cubana da la bienvenida desde la pared del fondo. Un póster con la imagen del Che nos trasladaba a la isla, lo mismo que la música, la bebida, y otros muchos detalles. Una multitud se movía con dificultad por su no amplio satén. Reconocimos a varios colegas no vistos desde hacía bastante.

Compartimos la noche cual si no estuviésemos allende el océano, a miles de millas de distancia de la tierra natal.

Alrededor de las dos de la madrugada, decidimos regresar a casa. Éramos de los últimos. Afuera, nos percatamos de que dos individuos de raza afrodescendiente, presumiblemente nigerianos de origen por el acento de su inglés, se habían recostado a nuestro automóvil. Pedimos permiso al que bloqueaba la puerta del lado de la acera. Con no poca reticencia, terminó este por apartarse. Roger, advirtiendo que algo preparaban, apuró a las mujeres y me pidió las llaves. Luego, mirándome, casi con gestos antes que palabras —estas en español—, me dijo de estar alerta ante el menor indicio de que se nos fueran a echar encima.

Justo a tiempo. Un arma fue reflejada por los neones de la fachada, que de repente brotaron de un vehículo aparcado inmediatamente por delante del nuestro. Roger, con habilidad que me sorprendió, redujo a la impotencia a uno de los primeros (Roger era cinta negra en judo), mientras me esforzaba yo por hacer lo propio con el que me correspondía. Nos lanzamos al interior de la roja carrocería. Hacerlo y estar Roger acelerando a fondo fue casi la misma cosa. Con un brusco giro, evadimos la encerrona pretendida por el vehículo cargado de sudafricanos afrodescendientes. Este, no obstante, se lanzó en nuestra persecución.

Entre aullidos de neumáticos, sonidos de claxon y gritos femeninos, volamos por sobre asfalto y cemento, por calles y aceras, hasta conseguir evadirlos bien lejos del sitio de partida. Se me aclararía más tarde que Roger hubo anteriormente sido preparado por la seguridad cubana, para servir en un grupo a utilizar, como alternativa de escape ante una situación de emergencia, que pudiera envolver al tirano Fidel Castro durante su visita a Sudáfrica a finales del 1998.

Por supuesto que no me pasaba por la mente regresar allí. Esa madrugada no pudimos dormir, recogimos a Alfred en casa de unos amigos en Jubeele, ciudad cercana a Pretoria donde existe una pequeña comunidad de cubanos y a donde pertenecía Pedro, de ahí partimos hacia Magaliesburg, pequeño pueblo donde radicaba mi amigo Roger, durante la travesía no hicimos comentarios al hecho desagradable que puso en peligro la vida de todos nosotros en cuestión de minutos mientras Carla, se apretaba al pequeño como una rosa a su pequeño botón; al llegar me preparé una buena película mientras ella se ocupaba de Alfred quien solo refunfuñaba por el sueño que tenía y la inconformidad que le causábamos.

Añoré como nunca sus siete cuentos antes de dormirse o sus peleítas que siempre vencía, y relegando los libros, bajé las luces, los acurruqué contra mí y sintiendo que renacíamos no dijimos una sola palabra, el silencio fue suficiente para creernos afortunados en aquella noche de angustia; juntos, los tres mirábamos entonces, al futuro.

25 de enero del 2000, martes

POR TELÉFONO SE ME REQUERÍA, con urgencia impostergable, aunque la consulta tuviera que abandonar. Los ojos muy abiertos de las enfermeras me lo repetían. Accedí. Me disculpé con el paciente para atender al aparato. ¿Me estaría haciendo famoso de repente? El doctor Mephisto —así le nombraré en lo adelante, cuidándome de no abochornar a familiares ni personas con él relacionadas y ajenas por completo a su proceder—, presa de gran insulto, reclamaba explicaciones acerca de mi "reprobable" conducta, desde Rustemberg; separada doscientos kilómetros de Mafikeng, hacia allí se había trasladado para corroborar de propia voz, lo que un par de días atrás el traumatólogo residente allí, el doctor Alexis Riera, conocido por "bigotes", le hubiera "pasado". A mí me diría que a sus oídos hubo llegado que me dedicaba a la venta de discos y que me habían atrapado, comentario obtenido a través de unos amigos suyos, sudafricanos, otra de las cosas que me reprobaba.

Traté de dar explicación, por supuesto nada que ver con esto. No me lo aceptó, de hecho, ni me escuchó, todos insultos y retórica.

—Oiga, me va a dejar explicarle, ¿o le cuelgo? —me molestaba yo también—. ¿De verdad quiere que le diga lo que sucedió?

No varió su tono, interrumpiéndome continuamente. Estuve por colgarle. Si no lo hice únicamente, por respeto hacia su cargo se debió. Respeto que a marchas forzadas se estaba desacreditando.

—Mire, mire, doctor... sí... pero, ¿me deja hablar? No, usted no puede saber mejor que yo lo que... ¡Que no, señor!

Agotada su reserva de saliva para toda una semana, logré me escuchase por fin. Le pedí vernos, no era por teléfono como mejor se debía discutir tal asunto al menos. Lo pensó, su silencio se dilató por largos segundos. Estaría en Pretoria durante el fin de semana, si yo podía... "Por supuesto", le contesté. Convinimos en vernos allí. Me autorizaba a abandonar mi trabajo por dos o tres días con tal objeto.

Nos vimos el siguiente domingo en la jefatura de la misión, ubicada en el garaje de una imponente residencia utilizada por el representante de la colaboración, a la sazón de vacaciones y cuyo cargo asumía entonces Mephisto. Esta vez su tono sería respetuoso, su posición a favor de escucharme, cada detalle fue dicho; para mi sorpresa, recibido con bien disimulada comprensión: mi real vinculación con aquello; lo referente a la carta que tenía decidido entregar al jefe de la colaboración a su retorno, informándole de lo sucedido; mi disposición a colaborar con las autoridades policiales y judiciales nativas.

—Entonces no hay grandes problemas, Doctor.

Le creí. Como vendría yo a conocer solo mucho después, el tiempo, entretanto, aprovecharía él. En compañía de algunos de sus acólitos, dio un rápido recorrido por toda la provincia; lo que mucho antes debió haber hecho, con la encubierta intención de informarse de la real situación imperante en torno a las transgresiones legales extendidas entre los colaboradores.

Noticia no era, no podía ser por cuanto él mismo lo conocía con bastante anterioridad, que iban aquellas desde el "secuestro" de un teléfono público hacia un apartamento —con el cual, una vez alterado su mecanismo, se podía llamar *free* (gratis) a la isla—, a las consultas privadas en determinadas clínicas, la inconcebible inversión de ciertas sumas en pequeños negocios de la esfera de los servicios —previsión para futura deserción—, pasando por la impagable deuda, que seguía cobrándose, hasta la reproducción —venta en algunos casos—, y masiva posesión de *compacts* piratas. Noticia tampoco era para sus más próximos, que él mismo y muchos de aquellos habían aceptado como dádivas de más, en unos u otros cualesquiera asuntos comprometedores.

Tal recorrido, comenzando en días previos en Klerdsdop, (ciudad a unos trescientos kilómetros de Mafikeng), luego Rostemburg, (a unos doscientos kilómetros), y finalmente Mafikeng (estas eran las tres principales ciudades de la provincia del noroeste donde se agrupaban las mayores comunidades de cooperantes cubanos), y entre estas ciudades había hospitales rurales o clínicas, donde podían encontrarse alguno que otro médico, así la noticia se esparcía como pólvora encendida y desde luego no era solo esta provincia; las restantes, eran también requisadas por los agentes declarados y los encubiertos tras la profesión como Riera, quien a pesar de su incapacidad profesional era mantenido por su razonable labor de inteligencia, así Phumalanga, Kwuasulu Natal, Norteng Province, Free Estate, etc., fueron infestadas, el resultado no era diferente a lo ya conocido por ellos, una bomba de tiempo que necesitaba ser desactivada con prontitud, por tanto, la necesidad de un chivo expiatorio era imprescindible, de modo que comprender al principio la premura de tales actos me era difícil y no me creía llegar a ser víctima de mi propia inocencia, ¿sería acaso ese chivo expiatorio como lo fue Rolando en su tiempo?, no podía creerlo, por el tipo de causa imputada, y entonces, ¿para qué tanto revuelo, si todo era bien conocido desde mucho antes?, luego comprendería, detrás de tales problemas, existían otros intereses más importantes que los que representaban la labor de un médico cubano en Sudáfrica que iba más allá del accionar curativo o profiláctico en aquella población necesitada; los intereses económicos, políticos e ideológicos también estaban en juego.

Esa era la verdadera cara y objetivos del gobierno de Castro en la naciente Sudáfrica, a través de nuestras funciones en la salud, sencillamente a cuatro años del comienzo de la supuesta ayuda, los cubanos se insertaban para convertirse, por primera vez en la historia de los médicos en seres independientes, iban olvidando el miedo al sistema, su fracasada ideología y forma de represión.

El experimento era un descalabro político e ideológico, pero ahora había que evitar que la democracia sudafricana conociera todas las irregularidades existentes y otras de las funciones del personal establecido en sus propias narices: espiar y proteger el supuesto sentido humanitario y desinteresado de la isla en el mundo entero. La noticia una vez desatada encontró el eco que merecía. La reacción fue tan violenta como toda aquella operación realizada por las autoridades, que incluso allanaban apartamentos para descubrir las amenazas a sus posiciones. Así, el día 13 de febrero del 2000 salió rumbo a Cuba el que sería el último de los chárter de Cubana de Aviación cargado de todas las ilegalidades que en poco tiempo, menos de dos semanas, los acólitos, incluyendo la representación, lograron almacenar y proteger de las autoridades, para así evitar comprometer lo que para Cuba también era una prioridad política: penetrar a través de la actividad de los médicos cubanos. Arranz, no podría sobrevivir a tales intenciones, era necesario, además limpiar la imagen de independencia y libertad obtenida por los cubanos; el temor debía retornar y Arranz era el medio a través del cual lo intentarían.

El recorrido terminó, en la mañana del día primero del segundo mes del año, en el hospital Bophelong (hospital provincial de Mafikeng, nombre actual después de la caída de Lucas Manghope cuando Bophuthatswana siendo un Batustan era considerado independiente de Sudáfrica), justo día y hora en que me encontraba yo en medio de un tumo quirúrgico. Yendo directamente a la oficina del superintendente, le planteó sin rodeos que resultaba impostergable se me rescindiera el contrato. No pudo menos que sorprenderse este, nada sabía del asunto en cuestión y quejas de mi trabajo jamás había recibido. Muy por el contrario, todas mis evaluaciones eran excelentes. Tras escuchar la larga exposición, terminó por negarse. No partiría de la parte sudafricana semejante propuesta. Apenas si obtuvo Mephisto la promesa de no mencionar dicha entrevista.

Resignado, pero nunca derrotado, se personó donde Rolando, invocando la perentoria necesidad de participación partidista para analizar la situación creada. Le acompañaban entonces un representante de la gubernamental DDG sudafricana (organización que representaba los intereses del Ministerio de Salud); el doctor Vélez, quien en Cuba atendía a la Colaboración con Sudáfrica y el doctor Puig, a cargo de los colaboradores en Northwest. Al llegar yo a casa, me telefoneó, solicitando mi presencia. Una vez allí, se me pidió explicase mi caso a los nuevos interlocutores.

No tardó el ambiente en tensarse, en buena medida por las interrupciones continuas de Mephisto en español —en lo que yo, en inglés, me dirigía fundamentalmente al representante de la DDG—, intentando restar valor a mis afirmaciones, cuestionando mis negativas, ya apreciándose un claro cambio de actitud en él. Sin embargo, al final primó el espíritu conciliatorio:

—No vamos a llegar a ninguna parte con esta discusión, Arranz —me dijo, poniéndose de pie, presto a darla por concluida—. Yo puedo garantizarte que esto no va a trascender. No te perjudicará el que aceptes tu participación. Será una multa y nada más. Por favor, ¿a qué le temes? Acá estamos todos...

3 de febrero del 2000, jueves

Casi podía considerarme huésped habitual de la Corte de Mmabatho, por quinta ocasión pisaba sus salas. Entonces, solo como las primeras. No quería arriesgar a Carla a disgustos o asedios de gente de prensa, o presiones de ninguna clase por parte de quienes lo apostarían todo a mí crucifixión.

Me acomodé en los banquillos de madera, en silencio, guardándome bien para mis adentros, en estos momentos una gran duda me embargaba, mezcla difícil de poca esperanza y cierta alegría; finalmente acabaría con la pesadilla de todo un mes de intransigente maldad, de traición y desengaños. Finalmente, que Dios obrase como considerase pertinente.

Necesitaba seguir creyendo en la justicia de los hombres, por cuanto de la divina no tenía dudas, para acudir a aquella cita, necesitaba creer. No demoraría la vida en otorgarme la razón.

Apenas dentro de lo que vendría a ser una recámara privada del juez, Phomo y el fiscal intercambiaron breves palabras en Tswana, apartados hacia un extremo, tras de lo cual se me presentaron los documentos que debía firmar el acta de Consentimiento en primer lugar.

—Eh... espere... ¿qué es esto? —no terminaba de leerla, cuando sorprendentes términos me llevaron a dudar de que se tratase del documento correcto.

Tácitamente debía admitir mí culpabilidad ante cargos que creía habían sido desechados en cuanto a mí persona desde los mismos inicios, ante cargos de los cuales ni siquiera se me había acusado formalmente en ningún momento.

Phomo carraspeó. Sus cejas se pusieron en guardia. Tratando de disimular su ansiedad, daba cortos pasos de un lado a otro del local. Un hilillo de humo se escapaba de entre sus dedos a la espalda. Volvió a carraspear antes de responderme:

—Tengo entendido que usted había aceptado cada letra de lo ahí escrito, doctor Arranz —se llevó el cigarrillo a los labios. Aspiró muy brevemente, casi acto seguido devolviendo el humo. Las cejas se adelantaron a sus siguientes palabras—: Me parece que no estamos jugando acá...

Estaba yo perplejo. No cabía en mi cabeza, por no habérmelo imaginado siquiera, que a mis espaldas se estuviese tejiendo un siniestro acuerdo entre ambas autoridades, cuando justo se me decía lo contrario. Según aquél, a mi inocencia debía imponerse, por decisión de la parte cubana, el admitir toda la culpabilidad de un hecho del que solo había sido testigo casual. Así, de plano. No tenía derecho a ser escuchado. Hasta eso se me negaba. «¿Quién era yo?», me preguntaba a mí mismo «¿Qué extraordinario delito había cometido?».

En aquella misma corte había tenido la ocasión de escuchar el derecho que, como ente cívico tiene toda persona acusada de delito, a que se presuma su inocencia mientras no se pruebe su culpabilidad, conforme a la ley y en juicio público, en el que se le hayan proporcionado todas las garantías necesarias para su defensa, cita que me volvió a la mente como activada por el relámpago de mi ira: "Toda persona tiene derecho, en condiciones de plena igualdad, a ser oída públicamente y con justicia por un tribunal independiente e imparcial para la determinación de sus derechos y obligaciones o para el examen de cualquier acusación contra ella en materia penal".

Pacto internacional de derechos civiles y políticos

Dos días antes, previo a reunirse conmigo y montar toda aquella farsa cargada de odio y de retórica de la más manidas, Mephisto se había entrevistado con las autoridades sudafricanas, afirmándoles que me declararía yo culpable, de todos los cargos, pagaría la multa —por supuesto que de mi propio pecunio—, y sería inmediatamente deportado hacia Cuba, aprovechando un vuelo chárter hacia la isla que saldría esa semana.

Para ambas partes era la solución más cómoda. "Muerto el perro, se acabaría la rabia". Luego de la publicación del artículo, era ridículo esperar que Phillip volviera a contactarme y la investigación en curso se echaba por tierra. La policía, entonces sin otro asidero, con el reconocimiento del delito salvaría el caso, podría darlo por solucionado, no tendría que preocuparse por seguir rastreando a Phillip y su gente, no tendría que soportar los cuestionamientos ni las mofas de la prensa, podría incluso resolver los similares utilizando el caso de Arranz. Para la representación, la oportunidad de evitar una escandalosa situación que amenazaba con envolver a todos los niveles de la colaboración, pues, tal como estaban las cosas, cualquiera podía convertirse en víctima de la misma acusación, incluyendo la misma representación partidista.

No pudiendo soportar estoicamente aquello, tomé mi celular y marqué el número de Mephisto. Sonó largamente sin que tomasen mi llamada, pero la repetí hasta conseguirlo. Con voz adormilada, se identificó. Le hablé en inglés, de tal modo que los allí presentes pudiera entender la verdadera naturaleza de lo que se me estaba haciendo. Le hablé mientras conseguí mantener tibia la sangre. Le grité cuando ya me hervía de tanto cinismo que me llegaba en sus respuestas. Le grité en español —de momento los términos literales en el idioma de Shakespeare se me tornaron imposibles—, calificándole de "¡Oportunista... y descarao! Usted bien sabe que yo no tengo nada que ver con eso. Bien lo sabe. ¡Otros tendrían que estar aquí!...".

Ripostó con amenazas de que todo podría resultarme peor, pues hasta el embajador cubano conocía del hecho.

—A ver si te salvas y no sigues negándote a informar acerca de los demás cubanos que se dedicaban al negocio de los CDs.

—¿Qué me dice? ¿Por qué no lo informa usted mismo que tantos tiene y que suele comprarlos o reproducirlos? ¡En cualquier caso es usted el que debiera estar aquí, porque usted, usted mismo, sí, tiene más discos falsos que mucha gente!...

Nuevas amenazas pretendieron acallarme.

—¡Sepa usted y el embajador que voy a llevar esto hasta las últimas consecuencias!

—¡Yo soy el jefe aquí en Sudáfrica y hay que hacer lo que yo digo! ¡Tú lo que quieres es quedarte!

—Yo lo único que defiendo es mi derecho a un juicio justo. Soy inocente. ¿Quién puso esa cifra en el Acta? ¿Nada menos que ciento cuarenta discos? ¿Usted? ¿Qué sabe usted de nada de lo que ocurrió, señor? Primer...

—Tú no tienes derecho a nada. Aquí el que comete un error sabe que el castigo es pa ¡Cuba!

—¡Coño, qué concepto tiene el que debe dirigir tanta gente! "¡La patria es el castigo!" ¿Es la cárcel? ¿Cuál es el error? —se hizo silencio. Un silencio culpable—. Recuérdelo, dígaselo al Embajador: ¡Hasta las últimas consecuencias! No voy a permitir que se siga manipulando esto. ¡Están jugando con la integridad de un hombre, coño!

—¡Te deportarán a ti y a tu familia de todos modos, estúpido! Encadenados. ¿Oíste bien? Y antes de irte tendrás que dar todos los nombres de los cubanos que están involucrados. ¡Aquí se viene a trabajar!

—¡Pregúntele a las autoridades sudafricanas! ¡Estarán muy orgullosas de rebatir eso que dice usted, vago oportunista! —se desconectó el celular.

Estaba decidido. Había perdido el temor si es que alguno albergaba. Hompo me miraba, calmo. Phomo, viendo que se le iba el caso de las manos, se me acercó, pidiéndome moderación. Como quiera que no transgredí, me dijo que podía irme a casa, quizás junto a mi familia lo pudiera pensar mejor. Y, en el último momento, al oído, que no estaba bien lo que estaba haciendo "mi país", que él mismo me consideraba inocente.

6 de febrero del 2000, domingo

MI COLABORACIÓN ERA REVOCADA DESDE ese momento, me dijo Mephisto, en tono igual de prepotente, lo que entraría en vigor a partir del día nueve del propio mes, con lo que "si me quedaba al juicio, tendría que ser a título personal y sin percibir salario, asumiendo todos los gastos".

Aduje que no lo hacía únicamente por lo del juicio y mi reivindicación, sino que, además, contaba con quince pacientes ingresados operados y veintiuno pendientes. ¿Tendría él con quien asumir estos compromisos?

—No nos interesan tus compromisos, ni los negros que allí atiendes. Quizás, estás cobrándoles el ingreso también.

—Esa es la diferencia con ustedes, los comunistas oportunistas, que todo lo politizan. Yo estoy aquí para ayudar a estos pobres pacientes, no para hablarles de una ideología que no tiene sentido, que solo esclavizan a cambio de enseñarles a leer, a escribir y algo de salud.

De todos modos, conseguí adelantar dos casos de los más que me interesaban, a pesar de la frustración terrible que me invadía y en gran medida invalidaba cada uno de mis actos.

El sábado en la mañana accedía a las insistencias de unos amigos para viajar a su casa, en la cercana población de Cirus. No diré que logré desentenderme del todo del problema, pero con solo dejar atrás el escenario de aquel, me bastó para sobrevivir tan difíciles primeras horas de desafuero. Carla y Alfred hicieron otro tanto y por más que nuestros amigos intentaran alejar aquel estado que nos ahogaba, no lograban del todo trasladarnos al estado normal, por lo que decidimos irnos todos a Sun City, Lost City (la ciudad del sol, la ciudad perdida), lugar de obligada visita para los que deseen ir al maravilloso país, una ciudad perdida entre montañas en la misma provincia del noroeste, considerada por muchos la octava maravilla del mundo y queríamos que Alfred conociera y disfrutara de ella. Según muchas personas Michael Jackson era el accionista mayor.

Al entrar, todo nos impresionó de sobre manera, perfectamente concebido podías obtener lo que quisieras, la decoración de los lugares visitados era impresionante, el salón de juegos completamente lleno, los restaurantes, los juegos para niños hacían del pequeño y su madre, una alegría permanente, sin embargo, cada cierto período llegaba a mi mente todo lo que por días venía dañando nuestro desenvolvimiento, me parecía que toda aquella libertad alcanzada con tantos sacrificios podían desaparecer, y tantas veces me preguntaba: ¿Qué tanto mal habría hecho para merecer lo que destruía la tranquilidad deseada y que ponía en peligro la añorada libertad? No encontraba respuestas a las tantas y desesperadas preguntas, solo resignación y valor para soportar tanta presión de la parte cubana, solía desconectar el celular, pues Mephisto o Vélez no sé cuántas personas me llamaban para fastidiar el sueño o cualquier cosa que representara para ellos mi tranquilidad, pero no podía detenerme aunque fuera lo último que tuviera que hacer, quería verlos felices y libres en aquel país que nos brindaba su magnificencia.

Para entonces me sentía dañado en lo más profundo y mi ser experimentaba los cambios más desagradables nunca antes sentidos. Me sentía capaz de "matar" si fuera necesario, mi sangre circulaba fríamente; me sentía capaz de cualquier cosa con tal de ver a esos prepotentes y acólitos pagando semejante mezquindad; en el ir y venir de mi pensamiento transcurriría aquel paseo, en la ciudad perdida, con sus maravillosas piscinas, o su playa artificial, con la magnífica ola que todos los bañistas esperaban con anhelo, o el sonido del desastre causado por un movimiento telúrico, desde luego creado por la mente del hombre para goce y recreación; Alfred al menos se divertía y eso nos aliviaba; las horas transcurrían y era tiempo de regresar, el niño para entonces hiperactivo, nervioso con algunas perretas, a nuestro modo de ver por la situación en que nos encontrábamos, debía ser convencido con paciencia y lo lográbamos, las lágrimas de Carla no podían detenerse de vez en vez.

Habíamos perdido peso. Era un infierno el enfrentamiento con la representación cubana y ya nos sentíamos agotados. Mi contagioso insomnio se agudizaba y desmembraba mi cuerpo y alma, incluso el niño no dormía con tranquilidad, presentía lo que ocurría; el cielo se tornaba gris en aquel alejado país, y a mi temor se sumaban el asombro y la rebeldía ante algo que no lograba entender.

De regreso, bajo las sombras de la tarde, me topé frente al apartamento con dos individuos. Apartados, a resguardo de la luz al inicio del pasillo, se mantuvieron mientras me acercaba. Uno de ellos me llamó por mi nombre. Reconocí su voz. Se trataba de Mephisto, me detuve, pero no di un paso a su encuentro. Aguardé a que se me juntara. Luego que Carla y el niño pasaran adentro, le increpé por el motivo de su presencia. Me estaba hastiando su hostigamiento.

Me dijo que estaba allí un representante de la colaboración —al que yo no conocía—, que necesitaba imperiosamente hablar conmigo.

—Creo que ya todo está dicho —le repliqué.

Me di vuelta presto a también entrar al apartamento, dejándole afuera. Fue en ese instante que una segunda voz me llegó desde aquel otro individuo que aún estaban al resguardo de las sombras. Se me acercó, me pidió disculpas y me extendió su mano en gesto mediador. Vacilé en aceptársela, demasiados motivos tenía para recelar de cuanto pudiera llegarme a través de Mephisto.

Verlos me causaban una mezcla de odio, resentimiento, valor descomunal, disposición a enfrentarlos, había olvidado el miedo, no sabría qué decir de cuántas cosas surcaban mi poco descansado cerebro, todo importaba poco, solo mi familia era lo básico y necesario, una y otra vez mi querida esposa me pidió cordura antes tales individuos, sabía que era capaz de enfrentarlos o desafiarlos, sabía que solo ellos eran lo importante para mí, pero la inocencia de mi pequeño hijo, su noble mirada, o un tierno abrazo eran suficientes para calmarme, qué decir del descubrir de la aparente calma de Carla, de sus ojos llorosos.

—Me interesa su caso. Créame, puedo ayudarle —dijo, la mano manteniendo dispuesta—. Mi nombre es Rigo. Trabajo en el consulado. Conozco lo que ha ocurrido y quiero escucharle y ayudar si es posible.

Le seguí al apartamento de Rolando. Este preparaba un café, bien alejado de la sala, cual si nada tuviese o quisiese tener que ver. Ocupamos tres butacas en círculo casi en medio de la sala. Rigo se acomodó en la suya, los amplios hombros echando hacia atrás. Su rostro se tornó más serio de lo que hasta entonces me había parecido, presionado por todo aquel estrés comencé a contarle. No me daría mucho tiempo Mephisto. Apenas llegado a la altura en que conocí a Phillip, creyó oportuno intervenir:

—¿Tenemos caras de tontos, Arranz? ¿No te parece demasiado ingenuo? A alguien estás encubriendo. Ya basta, acaba de confesarlo. ¿Le debes dinero, algún favor?

Me hizo saltar de mi asiento. Un profundo sentimiento, ira, odio, ambas a la vez, indignación, me llenó los sentidos. El puño cerré, el brazo no sabría decir si adelanté, pero lo cierto fue que se redujo a un ovillo el maldito, las piernas recogidas contra el abdomen, con los brazos procurando proteger su rostro y me sentí irracional, violento, desmedido; mi interior bullía y ya no era aquel Arranz respetuoso, conciliador y paciente.

Un gesto de Rigo me detuvo, sus manos interrumpieron y evitaron el cercenador impacto de mi azotada fuerza interior en su blanca cara.

—Este tipo viene faltándome el respeto con su prepotencia desde el primer momento. Ya hasta me acusa de corrupto. Me acusa de desertor y yo no soy recluta de nadie, estoy aquí porque quiero, porque me gané el derecho en los exámenes de oposición entre muchos aspirantes que deseaban venir acá, frente a los tribunales de competencia cubanos y luego los del Colegio Médico Sudafricano, estoy aquí no para adoctrinar a nadie ni para hablarles de Cuba, sino para mi mejoría económica.

—¿Va a negar que ha dicho que me quiero quedar? ¿Que el castigo que merezco es el regreso a Cuba? ¿Acaso regresar es un castigo? ¿Qué busca con todo esto? ¿No será precisamente quedarse usted acá?

—¡Te callas, Mephisto! A ti te escuché todo el tiempo que quisiste. Si vine aquí no fue para escucharle de nuevo. Deja que este hombre se defienda.

Para evitar redundancias no volveré a mencionar el comportamiento de Mephisto durante todo el encuentro. En lo que a Rigo respecta, se mostró en verdad un espíritu constructivo. Me llevó afuera y, pasándome un brazo por encima de los hombros, dijo que sería absolutamente sincero.

—Doctor. Comprenda lo que trato de hacerte llegar. Créame que no pongo en duda su inocencia. No es por eso que fue planteado lo de evadir el juicio público. Se trata de algo más serio, mucho más serio que eso. Tenemos información de que la prensa reaccionaria va a intentar capitalizar este asunto para desatar una campaña contra la colaboración cubana y, de modo indirecto, contra el gobierno sudafricano.

—Hombre, pero, ¿qué habré yo hecho?

Nos recostamos al muro del corredor ante los apartamentos. La noche lluviosa se presentaba, muy a tono con la tarde. Una ligera frialdad penetraba bajo la ropa. Un silencio en profundidad se extendía hacia los terrenos del hospital. A lo lejos, sus luces no lo hacían del todo olvidado. Desde allí, un automóvil se acercaba al edificio.

—Te pido por favor que no pienses nada más que en ti. Ni siquiera en tus compañeros... no tienes por qué saber todo lo que creemos está ocurriendo entre los cooperantes cubanos. Te repito no se trata de eso.

—¿Si te pido por favor que lo hagas por la Colaboración en sí misma? Pueden echarla a perder. Llevas cierto tiempo aquí y te habrás dado cuenta de las características particulares de este país. ¿Si te pido que lo hagas por la patria?

Los brazos apreté contra la cabeza, las manos sobre la nuca, los codos en las sienes. Los ojos cerré. Los párpados apreté fuertemente. Un enorme peso soportaba mis hombros y ahora Rigo, procuraba que lo hiciese también mi conciencia.

—Usted sabe que se ha negado la autorización para que mi esposa realice el examen de competencia con las autoridades médicas, dicen que por la parte sudafricana...y desde luego estoy convencido de que es por la parte cubana.

—No puedo confirmártelo en este momento. Puedo averiguar...

—No. Ella ya no va a trabajar tampoco. ¿Cómo podría hacerlo?

—En todo caso tú sí que no podrás trabajar. Todos los gastos irán por ti, además de incluir los pasajes en un vuelo comercial si pierdes el chárter que saldrá el día 13 de febrero.

No sabía que sería el último en la historia de la colaboración sudafricana, era un acuerdo de gobierno a gobierno en el cual el país receptor costeaba la salida y arribo de los cubanos. ¿Qué obtendría a cambio?

—Vamos, doctor Arranz, usted sabe que nada le ocurriría en la isla si usted se declarara culpable, ni a usted ni a su familia, no tienes nada que perder, y de un juicio nunca se sabe, pero después de esto, igual no podrías trabajar más.

—¿Por qué no? —pregunté—, mi trabajo ha sido excelente...

Bueno, por la decisión tomada por los representantes y eso lo dice el contrato firmado, ¿cierto? Además, podrías demostrar tu inocencia, ¡yo no tengo dudas! Pero se pondría en peligro la cooperación, ¿sería digno para ti, en las condiciones actuales?

Era la primera vez que escuchaba decir a un representante que me creía.

—Te lo aplaudo. Sin embargo...

No podía quitarme de la cabeza la responsabilidad que tenía para con Carla y Alfred. Con ellos en primer lugar. No se escuchaba el menor ruido tras mi puerta. ¿Dormirían?

—Arranz...

—Mire. Veo que ya esto es asunto concluido. Pero quiero hacerle una pregunta. Le agradeceré me sea sincero. Cualquiera que sea mi decisión, ¿me garantiza que mi mujer y mi hijo se podrán ir en ese chárter para Cuba?

Sin demora, me respondió afirmativamente. No hallé razones para dudar de su palabra.

—De todos modos, no se precipite. Mejor tómese su tiempo. Vaya con su esposa y discútanlo si quiere. Creo que tiene todo el derecho a expresar también su opinión. Vaya, vaya usted. Lo esperaré aquí mismo.

La suerte estaba echada. Mi sacrificio consumado. Firmé el *Admition of Guilty* (admisión de culpa) a la mañana siguiente y no hacerlo habría significado, tal vez la terminación de semejante convenio al salir a relucir todas las irregularidades ocurridas durante aquel período, desde que comenzó en el año 1996, se hubiesen acabado las esperanzas de todo los que fuimos a mejorar ganando unos dólares para poder vivir que es la razón que nos mueve al mundo exterior, al ser asfixiado por el sistema imperante en la isla. ¿Qué culpa tenían aquellos colegas, sus esposas e hijos? ¿Era valiosa acaso mi inocencia, aquella que echaría por tierra las esperanzas de cuatrocientos cubanos que como yo buscaban la libertad? ¿Era importante acaso reafirmar mi inocencia a costa del sacrificio de Carla o el pequeño Alfred, en aquel lejano país sin dinero, sin derecho a trabajar, quizás perseguidos por los agentes tanto cubanos como sudafricanos, con un precio a nuestras cabezas? ¿Qué decir de todos los que serían enviados a la prisión en la isla que es toda Cuba, el país donde nacimos, que nos adoctrinó durante años, cuyos cimientos no son otros que la doctrina del miedo, la represión sicológica, la mentira y la muerte? ¿Qué diría mi pequeño hijo al crecer y saber la realidad de todo aquello que hoy nos condenaba nuevamente al infierno? No me perdonaría jamás si el costo de mi inocencia llegase a ser el futuro de todos los cooperantes que un día vieron como yo la luz de la libertad.

Por el hospital pasé a medianía de la tarde a recoger algunas pertenencias y el cierre de mis evaluaciones. Quería estas últimas tal vez solo para leerlas algún día, bien lejos, para espantar desánimos y frustraciones, para hacerme ver a mí mismo lo que podía, lo que había podido y lo que podría volver a ser, para recordarme que no había errado, que de nada debía arrepentirme, pues había trabajado con tesón, con total entrega. En contraposición con las de la parte cubana, excelentes se mantenían. Pasé también a despedirme de los amigos y de los pacientes; a agradecer al superintendente por su digna actitud.

Dejé mi automóvil en manos de mi amigo Cirus con la encomienda de venderlo y remitirme luego el dinero. Aunque no sería mucho, nada podía afirmar o negar en cuanto a mi futuro en la isla y podría muy bien necesitarlo, cerré mis cuentas en las Stndard Bank y el First National Bank, donde casi no tenía dinero y desde luego, era la cuenta chequeada por las autoridades. El hospital me asignaría un vehículo para conducirme a Johannesburgo.

A solas pasamos la noche. Desconecté el celular y hundí la cabeza en la almohada y con los brazos me cubrí los ojos, como cuando, de niño, hacía para protegerme de seres maléficos de la oscuridad, para evitar pensar en cosas desagradables, para conjurar mis miedos más íntimos. No lo conseguí, tampoco el favor del sueño. A mí lado, la entrecortada respiración de Carla denotaba que no era solo yo. Alfred refunfuñaba dormido. Podía imaginarme lo que estaría soñando. Desde que le dijimos que nos íbamos, una señora "perreta" no abandonaba, no cesaba de llorar, se tornaba violento, y las lágrimas de Carla compartían el enfado desmedido del pequeño. Para mí, me deparaba un futuro muy sombrío en la isla pues presentía que no todo acabaría, pero al menos, el niño y ella estarían a salvo de la presión del gobierno, lo sucedido era lo peor en mi vida, por tanto, no esperaba nada superior en castigo.

En la mañana, mi última en Sudáfrica, una sorpresa me aguardaba, una agradable sorpresa que me permitió recargar mi alma de esperanzas, de ánimo para enfrentar lo por venir. Un *"farewell"* (despedida), tradición en los países de la Commonwealth, se me hacía por parte de mis compañeros más cercanos de la unidad quirúrgica. La gran mayoría *"nurses"*, enfermeras de diversos rangos. Matrona (rango superior de enfermería, jefa de todas las enfermeras), *sisters*, (enfermeras), muy emocionadas se acercaron a expresarme, más que sus condolencias, su perplejidad por lo acaecido. No eran capaces de entender por qué tenía que marcharme si ellos, los anfitriones, rogaban, casi exigían, que me quedara. "¿Se deportaría acaso a todo extranjero que cometiese una infracción de tránsito, evadiese impuestos o poseyera *compacts* falsificados? ¿Qué clase de país era el suyo?". No intenté responder, no tenía más respuestas que las que la simple lógica ofrecía. Aquellas mujeres lloraban sinceramente, Carla con ellas; me hacían aguar los ojos a mí, Alfred se emocionaba y hubiera jurado que entendía aquellas sinceras palabras de bien.

"Escápese, doctor", llegó alguien a decirme. "Y vuelva para acá. Le estaremos esperando y trabajo no le faltará. Su prestigio no se puede manchar con tan poco. ¿Por qué no se queda en Brasil?". Esta pudo ser una opción, pero no podía abandonar a mi familia en aquella parte del mundo, además la experiencia decía que difícilmente a un avión de Cubana de Aviación le fuese permitido que los pasajeros cubanos desciendan a cualquier país, pues la tendencia siempre era a huir y no llegar de regreso a la isla. El número de escapados se incrementa por años y las autoridades nunca reconocen cuando un médico logra hacerlo, para de este modo no permitirle durante un tiempo prolongado regresar y apartarlo de la familia que irremediablemente sufrirá la separación, pues, de acuerdo a la ley, al ser reconocidos debe mediar un tiempo de cinco años para no ser apresados por las autoridades, de este modo un médico necesitará más de siete para volver, para entonces los lazos familiares habrán sufrido las consecuencias, no solo de la separación, sino además las huellas imborrables del sistema represor.

Román me telefoneó al poco rato. Se rehusaba a verme, sabía que flaquearía si se me paraba enfrente. Lloraría, me confesó, de indignación. No sabía cómo reaccionaría y temía no fuese del más sensato modo. "Ya sabes, hermano, que tengo que seguir aquí, hasta que Dios quiera".

El automóvil pasó a recogernos faltando poco para el mediodía, según lo acordado. Nos mandaba el superintendente sus más fervorosos deseos de prosperidad donde quiera que fuese yo a dar con mis huesos, igualmente dejaba una puerta abierta para mi retorno, aún a riesgo de comprometer su puesto como funcionario gubernamental.

Camino del aeropuerto, el teléfono sonó repetidas veces. Amigos de Mafikeng y de otras provincias, los más recién enterados de lo sucedido, me expresaban su disconformidad con la conducta tomada por la alta jerarquía cubana. Algunos con largas oraciones, respetuosas, llenas de palabras medidas —después de todo, ellos quedaban atrás—; otros con menos palabras y menos medidas estas; algunos con cortas expresiones para el cubano, con especial significado.

Ya en el aeropuerto, otro tanto. Todos me miraban, susurraban para sí. Era punto de referencia obligado para todos los cubanos reunidos allí. Muy para mi pesar, me había convertido en una especie de símbolo. Era el hombre quien se había "plantado" ante el sistema, quien lo había desafiado, quien estaba pagando por tal herejía. Quien, sin embargo, mantenía erguida la frente salvando la libertad de los que allí quedaban.

Andando la pasarela para el control final de documentos antes de abordar el avión, personas desconocidas me estrecharon la mano, me desearon suerte. Supe luego que, entre aquellos, encargados de la seguridad se contaban. En el posterior instante devolví la llamada a Román. Me repitió la idea de la "fuga" en Brasil, habitual escala en los vuelos hacia y desde el sur de África. Me hizo asegurarle que lo pensaría, que temía por mí en la isla, que no creyera en ellos. "Que sí, hombre. Que sí. Pero ni siquiera sé si pasaremos por Brasil". Despidiéndome, desconecté el celular; con este, toda una etapa de mi existencia; a Cirus —su nombre continuaré reservándome—, lo entregué.

—Tenlo como un presente, hermano. No sirve que me lo lleve. Allá no lo podré costear y no sé cuándo mi cielo volverá a ser azul... —un fuerte abrazo y unas palmadas en el hombro fueron los últimos gestos de despedida.

Cinco horas después, partíamos de Johannesburgo en un viaje de más de veinte horas con única escala en la Isla Sals, Cabo Verde, donde, desde luego, no nos permitieron descender.

En un ambiente menos público, varios compañeros de travesía fueron donde nosotros solo a saludarnos, a darme la mano, a darme ánimo, a transmitirme su satisfacción por la posición que había adoptado. Tranquilo me sentía entonces. Una periodista —esposa de un colega—, con la que al lado de mi estancia departiera un par de veces por cuestiones de su trabajo, siendo, como tal, más arriesgada, me rogó le explicase mi real historia, no creyendo la versión oficial difundida a toda la colaboración de que me dedicaba a la venta de compactos falsificados y por eso me había Sudáfrica cerrado el contrato, era precisamente allí, a 35,000 pies de altura que comencé a creer en las últimas palabras de mi amigo Román.

Varios puestos por delante de nosotros, el doctor Vélez también regresaba. Nos evitó durante todo el viaje, no le busqué tampoco yo. Una bocanada de aire fresco respiré a todo pulmón desde lo alto de la escalerilla en La Habana, una mirada de desdén le dediqué cuando entonces, por primera y única vez, se cruzaron nuestras miradas, y una vez dentro, con la rapidez de una serpiente, nuestros pasaportes fueron confiscados, la razón según el oficial responsable fue: "¡No lo necesitarán nunca más!". Percatándonos entonces, que comenzaba una nueva batalla, esta vez, en la propia cueva de Castro.

Volamos a Guantánamo con un nuevo amanecer. Era como si la vida me diera la oportunidad de comenzar desde cero.

Como si lo acabado de vivir se esfumase con la noche venida a menos, pero la acogida de los familiares de Carla no me sorprendió del todo: frialdad, despotismo, criticas desmedidas, comenzaban a ser también parte del ambiente del que un día fuese también mi hogar.

Días después, me dirigí al departamento provincial de salud. Todo lo concerniente a lo sucedido, resultaba conocido para los funcionarios que laboraban en el departamento, desde luego médicos y quién sabe si incluso la auxiliar de limpieza, y el tema resultaba la comidilla del día, ante la acuciante falta de la verdadera comida en la isla o la ausencia de contenido de trabajo.

—¿Usted es Arranz? —inquirió aquélla a cargo de las colaboraciones, en su puesto cosa de un año antes—. Ah... venga un momento, tengo que hablar seriamente con usted —me dijo, queriendo dejar establecido quién mandaba entonces—. Mire, estamos esperando nos llegue de La Habana la indicación para ponerle sanción que puede ir desde el traslado fuera del hospital académico donde trabaja hasta la rebaja de su salario, que con las jugosas ventas que usted tuvo no lo necesitará.

—¿De qué sanción y de qué ventas me habla? Me parece que ya yo estoy sancionado, ¿no?

La prepotencia de quien ahora ocupaba el cargo se impuso ante la racionalidad, pensé, que alguna feminidad debió tener alguna vez.

—¡Se nos informó, del nivel superior, que hay que sancionárle!

Indignado, parecía que aquella pesadilla no terminaba, tomé mi portafolios y le mostré mis evaluaciones.

—¿Sabe leer inglés?

Asintió, con inseguridad. No me importó, no se los traduciría. Se los coloqué delante. Los estuvo mirando, largamente. De cualquier modo, tan extensos documentos no debían hablar sino bien de mi desempeño, por lo que terminó por devolvérmelos.

—¿Sabe por qué motivo se me sancionó? No, no va a encontrarlo escrito ahí. Para las autoridades médicas sudafricanas mi delito jamás existió. ¿Usted alguna vez en su vida ha copiado un *cassette*? —pues difícilmente tendría un equipo de CD.

Volvió a asistir.

—Pues sepa perfectamente que puede ser sancionada. ¿Qué le parece? Puede perder su anhelado puesto actual, aunque su trabajo sea excelente, o podrían trasladarla a ese lugar, intrincado y seguramente montañoso en el que espero, que usted, al menos sepa cómo tratar las emergencias —sus ojos, fijamente orientados hacia los míos debieron sugerirle mi disposición a no dejarme pisotear por nadie, por lo que prefirió callar, ocultar, tal vez su temor y su capacidad para continuar maltratando quedó así, sometida.

Con la misma actitud, recogí los documentos y me retiré de allí. Por escrito solicité una entrevista con el vicedirector técnico (cargo administrativo ocupado por un funcionario que se encarga de ubicar, trasladar y otras funciones al personal médico disponible), para plantear mi liberación de la provincia. Sin ambigüedades le dije que todo estaba claro; no me habían jugado limpio, se me iba a volver a sancionar, dos veces por el mismo delito no cometido. Carla estaba al tanto y al sufrimiento anterior se le añadía, ahora, la persistencia materna de terminar una relación con quien ya no era digno de permanecer en aquella casa, donde el dinero escaseaba y las ideas de libertad conocidas en el exterior amenazaban sus posiciones políticas, una y otra vez los encuentros de ideología chocaban como nunca antes en lo que por años había parecido un hogar; Carla vacilaba una y otra vez, manteniendo una posición ambivalente ante tantas presiones y no tenía el valor de enfrentarse por tratarse de sus padres, comprensible me resultaba que yo estaba de más. Me encontraba sin alternativas, antes las reiteradas negativas de dejarme partir a mi natal provincia, y ya incorporado a trabajar se me impedían las vías para optar por una plaza de profesor instructor o algo que significara desarrollo.

Hastiado, cargado de problemas, casi enloquecía, mi única salida era el abandono de la profesión, lo que representaría perder mis derechos como traumatólogo (de acuerdo a la ley en la isla un médico no puede ejercer otra profesión que no sea esa, y al presentar la solicitud de renuncia de la profesión deberá esperar cinco años mínimos para que se haga válido, durante ese tiempo no podrá salir del país legalmente, pues para ello debe pedir la liberación al Ministerio de Salud Nacional y este no lo reconocerá hasta transcurrido este tiempo) y hacía eso era dirigido el complot en la provincia por órdenes de la nación, mientras que los míos, mis padres y sinceros amigos, no perdían la oportunidad para implorarme la calma que día a día se desvanecía. Solo el pequeño Alfred para entonces comprendía en apariencias las palabras que cada tarde le decía en el pequeño zoológico que tanto visitábamos, la separación se aproximaba con inevitables secuelas, la situación era tensa. Dispuesto a todo, tres semanas más tarde partí hacia la capital.

Al doctor Vélez fui a ver expresamente. Siendo el único en Cuba que conocía de primera mano lo ocurrido, confiaba en que pudiera resolver la nueva crisis. Me recibió sin demasiada espera. Pero cuál no sería mi sorpresa cuando, habiéndole explicado las malas nuevas, vi que apenas un gesto indiferente hacía.

—¿Qué sucede? ¿Qué quieren hacer conmigo? ¿Pasarme por la máquina de moler carne o hacer leña del árbol caído? ¿Dónde está mi expediente? Quiero verlo. Si no tuve el derecho a un juicio, al menos creo que lo tengo para agregarle estas otras evaluaciones.

—¿De qué evaluaciones habla? Ahí deben de estar todos los documentos válidos.

—De las que hablan de mi verdadera labor. ¡No esas que se confabularon para poner ahí!

—Bueno, no es momento de discutir eso. Su expediente aún no ha llegado de Sudáfrica —abandonó el escritorio, dando la vuelta a este, de manera que quedó frente a mí—. Mira, déjame reunirme un momento con el jefe nacional de colaboración, a ver qué vamos a hacer contigo.

Una sensación de ira me golpeó el cerebro, pero ya estaba acostumbrado a semejante desdicha, creo que cambié de color, mi sangre comenzó a emanciparse por mis arterías, y mi videncia interior con aquella paciencia dañada en lo infinito, crecía a ritmo vertiginoso. Una y otra vez me repetía las sabias palabras de mis queridos padres: "Calma, calma mi hijo querido, Dios, nuestro señor es testigo, y te ayudará".

Eran las palabras que me hacían controlar mi desvelo, pues era fácil encontrar una justa causa para hacerme perder el tildo o lograr una mayor penalidad, o tal vez apresarme; otras veces, llegaban palabras sabias de mi fallecido y querido tío al referirse al comunismo como "La representación de la miseria espiritual, hambre permanente, impunidad y corrupción total".

—¿Debo salir?

—No, puedes esperar aquí.

Transcurrieron varios minutos, en los que mis odios iban cebando de nuevo, nada bueno esperando ciertamente. De repente abrió la puerta a mis espaldas y reocupó su puesto. Con voz grave, de perdonavidas, me dijo:

—Arranz, déjeme explicarte (seria Acaso ignorancia del castellano o simplemente el escazo profesionalismo de los dirigentes cubanos?). No queremos hacer leña del árbol caído, como usted dice. Ha sido un malentendido. Ya la sanción ha sido tomada.

No podía creer lo que escuchaba, pues a través de determinadas amistades en la capital, con parte del dinero ganado en Sudáfrica, había logrado, por una mediana suma del codiciado dólar, hacer algunos regalos dirigidos a personas relacionadas con semejantes directivos y de repente, lo que parecía imposible cambiaba parcialmente el rumbo de mi golpeada existencia y entonces, por primera vez, pude palpar aquella verdad: que la corrupción azotaba niveles impredecibles y que ahora, lo que me resultaba asqueroso, insensato, deshonesto, inmoral, era el camino para evitar mi destrucción como médico en aquella provincia de sureste del país en que aún me encontraba trabajando.

Me daba cuenta que solo mi decidida actitud de sobornarlos si era necesario, de ir allí sin previo anuncio y sin tiempo para preparar un "plan B" les había hecho retroceder en sus intenciones de no leña, sino astillas —o quizás cenizas—, hacer de mi árbol. Curado de espanto, le solicité que aquello me entregara por escrito. Se negó con sutileza.

—¿No lo hará? Me perdona si lo hago yo —del portafolios me hice, de una hoja de papel y un bolígrafo, y en su presencia redacté dicho documento. Ni siquiera se lo di a firmar. Con toda calma lo guardé—. Muchas gracias por haberme atendido. Ahí le dejo mis evaluaciones. Espero tenga la decencia de adosarlos a mi expediente cuando quiera que llegue.

Se incorporó junto conmigo. La mano extendió, solo para que suspendida quedara ante mi rechazo.

Tres meses debí aguardar para que la solicitada liberación me llegara. Y, si no fue más, en buena medida se debió a mi persistencia y la comprensión que debo reconocerle al director provincial de salud, quien desdeñó medidas punitivas de mayor envergadura contra mi persona, provenientes de la capital del país y por supuesto, al efecto adormecedor y tierno que el dólar, esa moneda del país más envidiado y odiado por Castro desde su juventud, pero querido y anhelado, como lo es para el pueblo cubano, causa a sus directivos.

Ya para entonces, había abandonado el trabajo en el hospital, el hogar había dejado de serlo, la tristeza nos embargaba, en las noches subíamos los tres al techo del segundo piso y en el calor de aquellos días mirábamos el mismo cielo sudafricano, la situación familiar se volvía ahora más tensa al yo no querer ni poder trabajar, esperanzas agonizaban ante tanta miseria humana, también en aquel lugar, que había sido el hogar, destrozados en lo más profundo, la decisión de partir llegó, dejando atrás el fruto de una sacrificada relación familiar.

A Holguín, ciudad del noroeste de Cuba, mi provincia natal, declaré me trasladaba y allí me mantuve, junto a mis padres, hermana, sobrino, y amigos para intentar disipar un poco aquel estrés que tanto daño me hacía y poder recuperarme, al menos, anímicamente. La tutela paternal de aquel dulce hogar que me vio crecer me acogía una vez más para hacerme comprender que no todo estaba perdido y que debía luchar por mí, por ellos y todos los que creían. Debía levantarme con más fuerza y demostrarme que solo existe un camino que está dentro de uno mismo. Familiares y amigos me abrieron las puertas en la capital.

En casa de aquellas, alterné mi estancia por meses hasta que, invirtiendo casi todo lo que me había quedado de dinero, obtuve donde poder construir un sitio para mi familia. Familia que no pudo restituirse jamás gracias a las obcecadas reticencias de la Dirección del Hospital Infantil de Guantánamo, para la cual Carla se había incorporado a trabajar entretanto y a la acción encubierta de sus padres, quienes influenciaron con sus relaciones partidistas– comunistas para evitar la unión a cualquier precio, impidiendo la liberación solicitada por ella, meses después de la partida obligada.

Epílogo

DURANTE EL PERÍODO EN SUDÁFRICA el doctor Arranz, atendió alrededor de tres mil pacientes, operando cerca de mil, ganándose el prestigio y la confianza de las autoridades y de la comunidad.

Los índices de hospitalización y referencias a otras instituciones cayeron dramáticamente durante esta etapa.

El Hospital Provincial de Mafikeng (antiguamente Bophelong), se convirtió, por primera vez en la historia de Sudáfrica en centro de referencia abarcando cinco hospitales periféricos y treinta y cinco clínicas distritales en una población de 250,000 habitantes.

A su regreso a la isla sufrió la presión de las autoridades de salud de su provincia, por decisión de la nación para evitar su desarrollo como profesional, y algunos familiares de su esposa para no solamente lograr la separación, sino, además, obtener los anhelados dólares. Fueron echados a la calle en junio del 2000 al no poder soportar tanto resentimiento, egoísmo y maldad.

El viñedo familiar fue roto ese mismo año dramáticamente y la separación la opción.

La doctora Carla fue castigada con dos años de permanencia en el Hospital Infantil al que fue ubicada a su regreso por decisión de los directivos. Actualmente vive en la capital del país junto a Alfred, en un pequeño apartamento construido para ellos y lejos de sus padres, añorando la unión que un día pudo ser posible entre las rejas de un sistema que divide.

Alfred ya tiene siete años y a pesar de que su rendimiento escolar es excepcional no ha vuelto a pintar, tal vez ya no recuerde que un día fue libre. Todavía llora en silencio frente a la pequeña cama dónde escuchaba los cuentos de su padre Arranz.

Sobre los padres de Carla pesan la vileza y la maldad, el egoísmo y la perfidia. La soledad los consume.

El doctor Arranz logró recuperarse profesionalmente, gracias al apoyo de sus Padres, familiares y amigos; tras largos meses pasando inadvertido entre los muros de la gran ciudad, se convirtió no solo en jefe del staff de traumatólogos en un hospital académico, sino además es el autor de una novedosa técnica quirúrgica que hoy lleva su nombre. No volvió a ver a sus Familiares queridos.

Actualmente el real protagonista de esta historia vive fuera de su país, un destierro obligatorio según las leyes imperantes en la isla, por las cuales, ser médico se ha constituido en lo más próximo a un antecedente penal que le invalida a ejercer cualquier otra profesión dentro del territorio nacional, y a salir legalmente por cualquier concepto a excepción de una colaboración bajo sus estrictas reglas. Paradójicamente, cualquier emigrado ilegal, siempre que no haya mediado en su salida delito de sangre, puede retornar como turista a su tierra pasados doce meses, pero en el caso particular del médico, cuando se las compone para evadirse, jamás podrá hacerlo. Es como si se temiera más al efecto erosionarte que su cambio de status pueda ejercer sobre la masa de sus colegas que al robo de una embarcación para lanzarse a las aguas.

Cuba no cuenta con un sistema de protección legal a los profesionales médicos, lo que los hace victimas permanentes de tales medidas.

Román ya no se cuenta entre los vivos. Su cuerpo se encontró flotando en la orilla de un lago helado, al que había sido arrojado aún con vida tras habérsele propinado gran cantidad de puñaladas; siete fueron contabilizadas en toda la extensión de su anatomía.

El Profe permanece como Physician en la ciudad de Mafikeng.

Roger "huyó" a España hace cerca de dos años. No se han tenido noticias de él.

Luis fue acusado, por Riera de ejercer la práctica privada. Su contrato fue cancelado en el año 2000.

Rolando regresó y ejerce su especialidad en un Hospital Académico.

Elena logró legalizar su posición al contraer matrimonio con un sudafricano. Vive actualmente en Sudáfrica donde aún trabaja.

Pedro no pudo regresar jamás a Sudáfrica. Sus cuentas cubanas fueron congeladas y luego saqueadas por el gobierno. Escapó en el año 2000. Vive actualmente en Chile.

Riera, aun cuando su desempeño profesional se mantiene siendo precario, permanece en Rustemburg. Sobre su nombre pesa la sombra de la traición.

Vélez fue expulsado de su puesto meses después del incidente, bajo acusaciones de corrupción.

Mephisto continúa ambicionando la dirección de la Colaboración en Sudáfrica.

Las autoridades médicas sudafricanas aún insisten sobre las cubanas para revocar la sanción al doctor Arranz, sin que logren un cambio en la decisión de estas últimas.

La comunidad de colaboradores cubanos en el área de Mafikeng ha dejado de ser precisamente eso. Hoy en día privan el recelo y la desconfianza.

Crece constantemente el número de médicos que se resisten a laborar bajo las humillantes condiciones en que se debe hacer en la Isla. Proporcionalmente, también el de los que inician trámites para la salida definitiva del país, trámites que habitualmente no toman menos de cinco años según la ley. Antes de que caduque dicho término de tiempo, muchos habrán debido optar por la aventura a través del estrecho floridano.

La cifra de "desterrados" por profesión, se incrementa a pesar de cuanto se haga por impedirlo y se extiende por casi todas las áreas geográficas.

La mejoría en las condiciones de vida y trabajo para los médicos en la isla no será nunca posible, pues implicaría que dejasen de buscarla estos afuera, en África o donde quiera enviárseles y el derrumbe del programa de exportación a bajo costo que prevalece.

El programa de salud cubano, eficiencia, nivel de desarrollo es un producto del interés económico de Castro para obtener dividendos a costa de su exportación a países necesitados y no precisamente creado para satisfacer las necesidades del pueblo.

El régimen de Castro se mantiene hoy día como *forma superior de esclavitud y en especial al profesional de la salud.*

Desde la cruz.
Pablo Alfonso Lam González.

Sobre el Autor

EL DR. PABLO ALFONSO LAM González, es un médico cubano radicado en Venezuela desde el año 2002. Graduado en 1990 como médico general (Holguín 1990), y luego especialista de cirugía ortopédica (Guantánamo 1994).

Brindó sus servicios en Sudáfrica donde conoció de cerca la vida de los médicos al servicio del gobierno desde 1998.

En el año 2001 siendo jefe del staff de traumatología del Hospital Universitario Julio Trigo en la ciudad de La Habana, capital de Cuba, obtuvo el título de profesor, así como varios premios en el campo de investigación de su especialidad al idear una técnica quirúrgica que hoy lleva su nombre.

Sufrió las consecuencias de las presiones psicológicas y desestabilizadoras del aparato represivo castrista.

CPSIA information can be obtained
at www.ICGtesting.com
Printed in the USA
LVHW011430150520
655574LV00007B/915